書下ろし

長編時代小説

出世花

高田　郁《かおる》

祥伝社文庫

目次

出世花

一

お艶《えん》の頭上で、夜天を突く群竹《むらたけ》が、旋風《せんぷう》にごうごうと哭《な》いている。それが齢《よわい》九つのお艶の耳には、闇の果てからの魔物の呼び声に聞こえるのだ。父上、と小さな声で呼んで、彼女は横たわったままの父親に身を寄せた。二人とも、痩《や》せ衰えた身体《からだ》は垢《あか》にまみれ、晩秋だというのに、破れて裏地もない単《ひとえ》の着物を纏《まと》うのみであった。

空腹のあまり父娘《おやこ》して口にした野草に、毒草がまじっていたらしい。夕刻、まずお艶が、激しい吐き気を覚えて道端に蹲《うずくま》った。胃の腑《ふ》が空《から》になっても、悪心《おしん》はおさまらない。そんなお艶に、父、矢萩源九郎《やはぎげんくろう》は、自身もふらつきながら、「甘えるのではない、しっかり歩け」ときつく言って、休むことを許さなかった。その源九郎も、やがて、腹が痛い、煮えるようだ、と呻《うめ》き声を発して前屈《かが》みに倒れ、動かなくなった。父の傍《かたわ》らまで何とか這《は》って行った後、お艶は、意識が朦朧《もうろう》となり今に至ったのである。

母上はどこにいらっしゃるのだろう？　お艶は、この六年、幾度となく呟《つぶや》いた言葉を胸のうちに繰り返した。お艶の母、お登勢《とせ》は、夫の同僚だった久居《ひさい》藩士、梶井兵《かじいひょう》衛門《えもん》と不義密通のうえ、手に手を取って出奔《しゅっぽん》した。下級武士とはいえ、侍は侍。その面目にかけて両名を討つ、と国を出た源九郎だったが、六年の諸国放浪の末に今、江戸は下落合《しもおちあい》のこの竹林の中で命果てようとしている。耐え切れぬほどの空腹も、今は去った。頭上の轟音《ごうおん》でさえ、徐々に遠のき始めた。経験のない「死」というものが自分たち父娘に近付いているのを感じ取った時、お艶の脳裏《のうり》に蘇《よみがえ》った光景があった。

一年ほど前だったか、川崎宿《かわさき》手前の松林の中で、数匹の野犬ががつがつと何かを食らうのに出くわしたことがあった。月明かりの下、目を凝《こ》らしてみると、犬が口に咥《くわ》えた肉片と思《おぼ》しきものに、五本の指と爪が見て取れる。黒ずんではいたが確かに人間の手首であった。お艶は、がたがたと震えながら傍らの父にすがりついた。

「行き倒れか、あるいは貧しき者の骸《むくろ》だろう」

火葬するにも金がかかるのだ、と源九郎は自嘲《じちょう》気味《ぶ》に言った。

当時、江戸では亡骸《なきがら》を荼毘《だび》に付すのに最低でも二分ないし三分の金子《きんす》が必要だった。だが、江戸大坂は別として、全国的に見れば、まだまだ土葬の方が一般的だった時代である。埋める遺体が多くなれば、必然、穴を深く掘り下げることもせず、浅く埋めた屍《しかばね》は餓《う》えた犬によって、いとも簡単に掘り返された。

「恐れることなどないのだ、お艶。死してしまえば、もはや苦痛を感じることもない」

――父上は、あの時、ああ仰《おつしや》っていたけれど
この身を犬に食われるのかと思うと、遠のきかけていたお艶の意識もつい引き戻される。

辛《かろ》うじて開いた瞳に、明かりが映った。闇の中をゆらゆらと狐火《きつねび》らしきものが浮いている。お艶は胸の中で、救いを求めた。誰に救いを求めるのか、誰なら救ってくれるのか、お艶にはわからない。それでも、お助けください、お助けください、とお艶は一心に祈った。狐火は強い風にも消えることなく、ゆらゆらと迫る。あれは狐火ではない、あれは。ほんのわずかに繋《つな》がっていた意識の糸が切れる直前に、お艶は誰かの声を聞いた。

「正真《しようしん》さま、かような場所に人が行き倒れておりますぞ！」

「これ、しっかりなされ！」

二人ともまだ息がある、早く運びなさい、という低いが緊迫した声を聞きながら、お艶は気を失った。

温かくて、柔らかい、その上にとても優しい夢を見ていた。誰かに頭を撫《な》でられ、抱き上げられた気もしたが、夢は混沌《こんとん》として捉《とら》えどころがない。途中、起こされて重湯《おもゆ》らしきものを口にし、再び眠りについた。どこかから落下するように感じて、お艶は、はっと目覚めた。板張りの天井が見えた。自分がどこにいるのかがわからず、あてがわれていた枕から頭を外して周囲を見回す。庭に面しているのだろうか、障子《しょうじ》越しの月明かりが部屋をほの明るく照らしている。ぼそぼそと人の声が聞こえて、お艶は吐く息を止めた。隣室とを隔《へだ》てる襖《ふすま》がほんの少し開いていて、声はそこから漏《も》れているようだった。彼女は襖ににじり寄って、その隙間《すきま》に右目をあてた。

蠟燭《ろうそく》の明かりが点《とも》された室内、中央に敷かれた薄い布団《ふとん》に寝かされているのは、父の源九郎であった。その枕元に初老の僧侶が座っている。お艶の位置からは、父の様子もその顔を覗《のぞ》き込む僧侶の表情もよく見えた。僧侶の名は正真。行き倒れていた源九郎とお艶を救った彼は、下落合にあるこの寺、青泉寺《せいせんじ》の住職であった。

源九郎はすがるように正真の手を握り、正真もまた慈愛に満ちた眼差《まなざ》しを病人に向けている。父は苦しげに声を絞り出していた。お艶は息を詰めて二人の話に聞き入った。

「武士の体面、それに男としての矜持《きょうじ》から、妻とその相手を討つことばかりを考えて歳月を過ごし申したが、最早《もはや》これまで。心残りは娘のお艶、あれには可哀想なことを……」

妻敵《めがたき》討ちを心に決めた時、源九郎にはすでに両親はおらず、また妻の郷《さと》もお艶の養育を断わってきた。頼りに出来る親戚もなく、友とも同士とも思っていた道場仲間や同僚藩士らも、妻に逃げられた源九郎を陰で嘲《わら》った。何の後ろ盾《だて》もなくこのままここに留《と》め置けば、お艶は「不義密通の大罪を犯したお登勢の血を引く娘」という呪縛《じゅばく》から逃れることは出来ない。その不憫《ふびん》さに、ついつい、足手まといになると知りながら娘を連れての妻敵討ちの旅に出た源九郎であった。

「あれは紛《まぎ》れもなく私の娘。そう信じたはずが、いつからか、誠にそうか、誠に私の血を継いだ我が子なのか、と猜疑心《さいぎしん》が胸に芽生《めば》えて消えることがありませぬ。ご住職、かような私を御仏《みほとけ》はお赦《ゆる》しくださいましょうや？」

源九郎が上体を起こしながら、正真の腕にすがった。正真は空いた方の手で優しく源九郎の腕をさすって頷《うなず》いてみせた。

「貴殿の苦しみの深さをご存知なのも御仏、そしてその苦しみから救ってくださるのも御仏。もう何もご案じ召されるな」

「ご住職、では今ひとつ、今ひとつだけ、私の願いをお聞き届けくださらぬか？」

「娘御《むすめご》のことじゃな？」

覗き見ていたお艶の喉《のど》が、ごくりと鳴った。

「それも拙僧《せっそう》が力になり申す。身の振り方の定まるまで寺で大切に預かりましょう」

正真の答えに、そうではない、と言いたげに首を横に振り、源九郎は墨染《すみぞ》めの衣《ころも》の袖《そで》を掴《つか》む手に力を込めた。

「名前を、あれに善《よ》き名前を与えてやってはくださらぬか？」

と、お艶は声を上げそうになった。この世に生を享《う》け、「艶」と名付けられて九年、生きて来たのである。今さらながら名前をつけるとはどういう訳《わけ》か。

正真の表情は変わらない。源九郎が切れ切れに声を絞った。

「不義密通の大罪を犯した母親、我が子であることに疑いを抱いた非情の父親。さように実《じつ》のない両親との縁を断《た》ち切り、善き人生を歩《あゆ》めるような名前を、ご住職より授《さず》けてやってはくださらぬか？」

少し考えて、正真はゆっくりと頷いた。

「承知した。娘御の一生が御仏のお心に則《のっと》ったものであるよう、善い名前を考えましょう」

ありがたい、と言うと源九郎は最期《さいご》の力を振り絞って、正真に向かって両の手を合わせた。そうして合掌したまま、力尽きたように正真の膝に突っ伏した。

「矢萩殿、矢萩源九郎殿」

静かな声で名を呼んで、すでに源九郎が息絶えているのを確認すると、正真はその身体を仰向《あおむ》けに戻した。解《ほど》けぬように源九郎の両手を胸の辺《あた》りで組ませると、正真は少し身を引いて居住まいを正し、一礼して合掌した。

父の臨終を悟ったお艶だが、金縛《かなしば》りにあったように動けない。ただ、襖の隙間から正真の動きを見守るだけである。

「正念《しょうねん》、碗《わん》と筆、それに水を持って来なさい」

正念、と呼ばれた若い僧侶が、住職の言いつけ通り、茶碗と筆、水差しを持って来た。筆は新しいものらしく、まだ白いままだ。

「こちらへ来なさい」

正真は仏から目を離さないまま、静かな声で言った。それが自分に向けられた言葉である、と察した途端、身体を縛っていたものがするりと解けた。お艶は、はい、と小さく返事をして、作法通り両の手を用いて襖を開け、隣室に入った。

「こちらへ」

若い僧侶に、正真の隣りを示されて、お艶はおずおずとそこに座った。父は眼を閉じ、横たわっている。静かにただ眠っているかに見えた。お艶は先の正真を真似て、深く一礼し、合掌した。正真は水を茶碗に注ぐと、そこに筆の先を浸《ひた》した。人の臨終に立ち会うのが初めてのお艶には、それがどういうことなのか、皆目《かいもく》見当もつかない。お艶の戸惑《とまど》いを察したのか、正真が優しく言った。

「末期《まつご》の水、と申すもの。この筆で父上の唇を湿《しめ》して差し上げなさい」

筆を受け取ったお艶は、その先を父の唇にそっとあてた。たっぷりと水を含んでいたために滴《しずく》が、唇から頬《ほお》を伝《つた》って落ちる。お艶は慌《あわ》てて単の袖でそれを拭った。

二

青泉寺は、蛇行《だこう》する神田《かんだ》上水を彼方《かなた》に見おろす丘陵地にあって、広い敷地内に湯灌《ゆかん》場《ば》、「火屋《ひや》」と呼ばれる火葬場、それに墓所を備《そな》える。死者の弔《とむら》いを専門とする「墓《はか》寺《でら》」であった。

その頃、疫病《えきびょう》蔓延《まんえん》の防止や、仏教の影響により、江戸や大坂などの都心部では庶民の間でも火葬が一般的になっていた。が、敷地内に火葬場を持たない檀那寺《だんなでら》も多く、青泉寺は、そうした檀那寺から火葬を委《ゆだ》ねられることも少なくなかった。江戸には五箇所に公設の火葬場があったが、青泉寺の火屋の人気は高かった。だが青泉寺は幕府に認められた寺ではなく、利権などは一切《いっさい》与えられない。檀家《だんか》制度から弾《はじ》かれた形だが、今は記録に残っていないこうした寺が当時は存在した。

　正真の計《はか》らいにより青泉寺の一室で夜伽《よとぎ》を済ませた源九郎の亡骸は、早朝、敷地内の湯灌場に運ばれた。縄帯に縄襷《だすき》をした三人の男たちが、大きな盥《たらい》に水を張り、そこに湯を足していく。それからゆっくりと源九郎の亡骸を沈め、丁寧《ていねい》に洗った。

　正念と呼ばれていた青年僧が、そこに加わった。手拭いを手に、経文《きょうもん》を唱《とな》えながら源九郎の背中を洗う。長く風呂に入っていなかった源九郎の身体からもろもろと垢が浮いて湯を汚した。だが正念は少しも厭《いと》わずに、汚れを手桶に掬《すく》ってなるべく湯を綺麗《きれい》に保ち、さらに丁寧に洗う。湯から出されると、剃髪《ていはつ》され、帷子《かたびら》が左前に着せられた。一連の作業は、正真の読経《どきょう》の流れる中、手馴《てな》れた男たちによって滑《なめ》らかに行なわれたが、その様子はお艶の胸に深く刻まれた。お艶の目には、父が俗世を捨て、安らかに浄土《じょうど》に旅立つ準備を調《ととの》えたかに見えたのだ。源九郎の身体は合掌した手で膝を抱える形に整えられると、納棺しやすいように荒縄でぐるぐると縛られた。三人がかりで亡骸を持ち上げると「早桶《はやおけ》」と呼ばれる木製の円《まる》い座棺《ざかん》に納《おさ》め、腹に炭を抱かせて、蓋《ふた》をした。あとは火屋に運び入れ、茶毘に付すのだ。

　正真は幼いお艶に、「見るな」とも、「見よ」とも言わなかった。お艶は自らの意思で皆について火葬場に赴《おもむ》き、松の薪《たきぎ》を組んだ上に座棺が置かれ、上から藁《わら》が被《かぶ》されて、着火されるのを見守った。座棺に火が移って、めらめらと勢いよく燃え上がり、やがて完全に焼け落ちると、炎の奥に身体を折り曲げた源九郎の姿が見える。橙色《だいだい》の炎が縄を舐《な》め、解き放たれた源九郎の身体がゆっくりと動き出す。すべては火のなせる技なのだが、お艶は、恐ろしさのあまり合掌したまま身を震わせた。ぱちぱちと火の爆《は》ぜる音に、正真の読経が柔らかに重なった。

「お艶、か」

　正真は、半紙に墨で黒々と書いた文字を読み上げて、腕を組んだ。手前に控えていたお艶は、半紙に書かれた「艶」という文字を黙って見つめていた。

　色に豊か、と書いて艶。

　源九郎が血を吐く思いで打ち明けた「妻の犯した不義密通」という事実を思い返しながら、正真は、何故《なにゆえ》に彼がこの名を厭《いと》うたのか、得心がいった。しかし、だからといってこの童女に九年慣れ親しんだ名前を捨てろ、というのも筋道が違う。正真はしばらく考え、やがて深く頷くと、組んだ腕を静かに解いた。

「父上との約束で、私が新たな名をお前に授けることとなった。新名は『えん』じゃ」

同じ名を呼ばれて、お艶は不思議そうに正真を見た。正真は硯《すずり》を引き寄せ、手にした筆にたっぷりと墨を含ませると、新しい半紙にゆったりとした筆跡で「縁」と書いた。

「御仏の縁《えにし》により、拙僧がお前を預かった。以後は『縁』と名乗るがよい」

男と女の色事《いろごと》を理解するには幼過《おさなす》ぎた。しかし彼女は、自分の名に父親が悪い感情を抱《いだ》いていることに、かなり以前からうっすらと気付いていた。ふた親から授かった呼び名を変えずに、新たな名を与えてもらったことを、彼女は嬉《うれ》しく思った。

「よいな」

正真の問い掛けに、はい、とお縁は深く頷いてみせた。

栄養状態が悪かったためか、お縁は実年よりずっと幼くみえた。青泉寺に暮らす者たちは、彼女をお縁坊、お縁坊、と呼んで可愛がった。青泉寺には住職である正真と、修行中の青年僧正念、そしてその他に亡骸を扱う寺男《てらおとこ》たち——出家者ではないので「毛坊主《けぼうず》」と呼ばれた——が三人いた。名を年の順に市次《いちじ》、仁平《にへい》、三太《さんた》という。

お縁を含め六人の所帯。食事の後始末から洗濯、それに掃除。お縁は小さな身体ながらくるくるとよく働いた。

そうして四年の歳月が流れ、寛政《かんせい》九年（一七九七年）のこの年、お縁は十三の春を迎えていた。手足はまだ棒のように細いが、長く伸ばした髪を手間のかからぬ玉結びに結《ゆ》った姿が何とも愛らしい少女に育った。

「お縁坊」

正念が、湯灌場の掃除をしているお縁に声をかけた。手に、半紙に包んだ菓子を持っている。

「桜花堂《おうかどう》の桜最中《さくらもなか》を頂《いただ》いたよ。お縁坊の好物だったろう？　庫裏《くり》に置いておくので、用が済んだら食べるとよい」

桜花堂の桜最中、と聞いてお縁の顔がぱっと輝いた。薄い桜色の皮で甘い漉《こ》し餡《あん》を包んだ菓子は、それまで甘みのはっきりした大ぶりのものが主流だった江戸の甘味《かんみ》の中にあって、品よい甘さと、おちょぼ口でもひと口で食べきれる小ささが珍しく、売り出しと同時にあっと言う間に大人気となっていた。弾んだ声で、お縁は正念に礼を言った。

「ありがとうございます。お湯を始末してから、頂きます」

御留山《おとめやま》の桜もほころび始めたと聞くのに、朝夕冷え込む日が続き、周辺の年寄りが立て続けに亡くなった。そのため青泉寺では手が足りず、自然、湯灌場のこともお縁に任《まか》されるようになっていた。

湯灌は現世の苦しみを洗い流し、来世への生まれ変わりを願う大切な儀式で、それゆえに細《こま》かな約束事が定められていた。使用した湯を捨てるに際しても、そのまま流すことは許されず、予《あらかじ》め定められた「日の当たらぬ場所」に捨てることとされていた。ここ青泉寺では、裏の竹林がその決められた捨て場であった。竹林は、かつて源九郎とお縁が行き倒れになっていた場所である。湯灌場と竹林とを幾度も往復して、すべての湯を捨て終わると、お縁は額《ひたい》に浮いた汗を手の甲でぐいっと拭《ぬぐ》った。腰を伸ばして、顔を上げる。心地よい風が竹林を渡っていく。竹の葉のざわざわと鳴る音を聞いていると、嫌でもあの夜を思い出した。

あの日、もし正真様が通りかからなければ、とお縁は思う。この辺りにも野犬はいるのだ。父娘してその身を野犬に喰い千切《ちぎ》られていたか、と思うとお縁は身震いがする。

火屋は子供心にまだ恐いところではあったが、それでも父の熱い骨を胸に抱いた時の「これでもう犬に喰われることはないのだ」という安堵《あんど》感は忘れがたい。

だが、何よりもお縁の心に深く刻まれていたのは、父の湯灌の場面であった。盥の中の湯で清められ、丁寧に拭われて帷子を着せられた時、亡骸でありながら父の顔はとても安らいで見えた。妻の不義の始末のために久居を出て六年、その手で決着をつけるどころか、食い詰めた挙句《あげく》に郷里を遠く離れた土地で果てるのである。しかも娘を残して。現世に思い残すことは多かったであろうに、父は、すべての苦悩から解き放たれた表情をしていた。だからこそ、屍を洗う、という行為が、お縁にはこの上なく尊《とうと》いものに思われたのである。

「あの娘でございますよ」

正念は庫裏の裏戸を細く開けると、中年の男に中を示して言った。男は、青泉寺に棺を納めている龕師《がんし》の親方、捨吉《すてきち》である。捨吉は頷くと、隙間から中を覗いた。

覗かれているとも知らずに、お縁が幸福そうに桜最中を食している。小振りのそれは一口で口中に収まり、嚙《か》み締めるとぱりぱりと周囲の皮が砕《くだ》け、中から塩漬《しおづ》けの桜《さくら》葉《ば》を刻み入れた甘い餡が顔を出す。こんなに美味《おい》しいものがこの世の中にあるとは、とお縁は目を閉じてしみじみと口中の幸せを味わっていた。

「随分《ずいぶん》と細いねえ。腕なんぞ棒っきれのようじゃねぇか。貰ったはいいが、すぐにもくたばっちまうんじゃ困るんだよ、こっちは」

捨吉のぞんざいな物言いに、正念の眉が曇った。お縁を養女に、という話はもとは捨吉の女房から出たことだった。青泉寺から龕師のもとへ使いに出たお縁を、子供に恵まれなかった捨吉の女房が気に入り、是非《ぜひ》に、と言い出したのだ。

「あの様子では、お縁坊をただ働きの奉公人程度にしか考えておりませぬ」

捨吉の帰った後、正念が憤懣《ふんまん》やるかたない、という口調で正真に告げた。正念の怒りで上気した顔を見て、正真は口元を綻《ほころ》ばせた。

「武家でもなし、大店《おおだな》でもないものがまったくの他人を養子に欲しがるのは、大抵はそういう事情であろう。お縁はよく働くうえ、気働きもよい。捨吉の嫁女《よめじょ》は眼が高いと思うたが、しかし、まあ、この話、断わりなさい」

正真の言葉を聞き、正念はほっとした表情で畳に手をついて一礼した。正念が部屋を出て行って、一人になった正真は、開け放した障子から庭に目をやった。お縁が洗い場にしゃがみ込んで、洗濯をしていた。下帯《したおび》の汚れは落ちにくいのか、幾度も陽の光に晒《さら》して綺麗になったか否《いな》かを確認している。人の眼がなくとも懸命に働く姿が美しかった。

正念の思いとは別に、正真がお縁の養子縁組を断わったのには違う理由があった。

捨吉は大層《たいそう》、女癖《おんなぐせ》が悪いのだ。他所《よそ》の女房と関係を持ったことも一度や二度ではない。当時、不義密通は大罪。見つければその場で殺しても咎《とが》められることはなかった。だが町人には町人なりのけじめというのが別にあって、ほとんどの場合、間男《まおとこ》の側から酒と詫《わ》びの金子が届き、亭主は形ばかり女房の髪を切り離縁することで「始末」とした。捨吉もそうして修羅場《しゅらば》を巧みに逃げ通した口であった。

——さような男をお縁の『父』とすることがあっては、源九郎殿に申し訳が立たぬわい

無論、このままいつまでも寺に置いておく、という訳にも行くまい。がしかし、焦《あせ》らずともこの先、きっとあの娘が幸せになる縁を御仏が結んでくださる、と、庭のお縁を見つめたまま正真は思った。

三

その年の夏、疱瘡《ほうそう》が流行《はや》った。当時は死因の最上位が疱瘡で、治療法は確立されておらず、抵抗力のない乳幼児や少女の死亡が相次いだ。自分と同じくらいの少女が火屋で焼かれるかと思うと、お縁は怖ろしくてならない。新仏《にいぼとけ》が少女の時は、骨上《こつあ》げ

が済んでしばらく時間を置いてから掃除に行くようにしていた。

その日も、頃合いを見計らって火屋に行くと、珍しく正念が毛坊主三人を前に声を荒らげていた。まだ二十代の三太が正念にたしなめられることは、ままあった。しかし、年嵩の市次や仁平にまで正念が怒りを表わすのは、かつてないことだった。立ち聞きは悪いこととは思いながら、お縁は、張り巡《めぐ》らされた幕の陰に控えて正念の声に耳を傾けた。

「親が年若く亡くなった娘に『せめて晴れ着を』と思う、その気持ちを踏みにじるとは何ごとだ！」

怒りを孕《はら》んだ正念の声を聞くうち、お縁にもようやく事情が飲み込めて来た。

当時、家持ちでなければ家で湯灌をすることは許されていなかった。いきおい、ほとんどの庶民が寺の湯灌場の世話になる。その際、亡骸の着衣はそこで作業する男たちに下げ渡される習慣があった。死者の着衣はこれを買い求める「湯灌場買い」と呼ばれる商人に売られ、それが市場に古着として出回るのだ。

それとは別に、副葬品として遺族が死者に冥途《めいど》に持たせるものがある。年頃の娘ならば振袖《ふりそで》や髪飾りなど。青泉寺では、遺族から副葬品の申し出があれば、納棺の際に新仏に持たせる。だが、どうやら、市次、仁平、三太の三人は、遺族から委ねられた副葬品の晴れ着を、湯灌場買いにそのまま横流しした様子なのだ。

その頃、火葬に階級を設《もう》けていた寺が多くあった。最上級が「駕籠《かご》焼き」で十五両、その次が「釣《つり》焼き」で七両二分。この二種では遺族に火葬の終了までを見守ることを許すが、それ以下になると立会いを許さず、着火と同時にその場を去らせた。副葬品なども、この隙に抜かれてしまうことが常であった。

青泉寺では、住職正真の強い意思のもと、このような処遇は行なわれておらず、副葬品は必ず亡骸と共に焼くことになっていた。

「それが出来ぬというのならば、ここを出て行くがよい。住職も必ずやそう仰《おつしや》るであろう」

そう言うと正念は男たちに背を向けた。

「お許しください、正念さま」

最年長の市次が真っ先にその足もとに縋《すが》った。仁平、三太がこれに倣《なら》う。

「このこと、どうか住職さまには……」

と、仁平が言えば、

「この二人を巻き込んだのは、あっしなんです。あっしが悪いんです」

と、三太が声を絞った。三人が額を土に擦《こす》りつける様を見て、お縁は慌てて幕の陰から走り出た。砂利《じゃり》の上に正座すると、正念に向かって深く頭を下げる。言葉は発しなかった。

振り返った正念は、お縁の姿を見つけると、ほんの少し目元を和《やわ》らげた。正念は無言のまま前に向き直り、ゆっくりと立ち去った。

翌日のこと。

湯灌で使用した湯を始末していたお縁は、青泉寺の裏門の方で誰かが言い争う怒声を聞いた。何事かと見ると、三太が商人《あきんど》らしい男の胸倉を摑んでいる。お縁も二、三度見かけたことのあるその男は、湯灌場買いの信吉《しんきち》といった。

「お前にそそのかされたお陰《かげ》で、ここを追い出されるところだったんだ！　もう二度と顔を見せるんじゃねえ！」

「『住職も正念さまも頭が固くていけない』、そう言ったのはお前さんじゃないのかい？」

信吉の嘲《あざけ》りに、三太は心底口惜しそうに顔を歪める。

「ああ、確かにそんな罰《ばち》当たりなことを言ったのはこの俺だが、それも全部、お前に化かされてのことだ」

「化かすだと？　俺は狐じゃねぇよ」

信吉は吊るし上げられながらも、へらへらと笑って言った。嫌な笑い方だ、とお縁は思い、湯の入った手桶《ておけ》を握り締めた。

「ったく、どうして湯灌場買いの俺たちだけが悪者扱いされるんだか。『振袖火事』だってそうだ。あんなもん、作り話に決まってらあ」

信吉は口を曲げて言い募《つの》る。

「世の中、まだ使えるものは燃やしたりしちゃいけねえよ。振袖や簪《かんざし》は生きてる女が使やぁいい、生娘《きむすめ》なら、屍だろうと燃やす前に俺が世話になりた……」

最後まで言い終わらぬうちに、三太が信吉を投げ飛ばした。何をしやがる、と信吉が起き上がろうとしたところへ、ざばっと冷《さ》めた湯がかけられた。不意を突かれた信吉は、湯が鼻と口に入って激しくむせた。

三太が見ると、空《から》の手桶を持ってお縁が仁王《におう》立ちになっていた。双眸《そうぼう》が怒りでぎらぎらと燃えるようだった。

「この女《あま》」

立ち上がった信吉がお縁に殴《なぐ》りかかろうとするのに割って入って、三太がにやりと笑って言った。

「信吉よぅ、さぞや旨《うま》い白湯《さゆ》だったろうよ」

「何がでぃ」

「お前が浴びたその湯は、新仏の湯灌に使ったもんだ。今日の仏さまは、湯に入れると腹の中の物が盛大に出たんだがなぁ」

三太の言葉に、信吉がうろたえて屈《かが》み込んだ。そうしてお縁と三太が見ているのも構《かま》わず、喉《のど》に指を突っ込んで、げえげえと吐き出したのだった。

夕方、庫裏での後片付けを終えたところで、毛坊主たちはお縁に信吉の様子を語らせて、げらげらと笑い転《ころ》げた。

「ああ、面白ぇ。笑い過ぎて涙が出ちまわぁ」

仁平が苦しげに腹を押さえ、三太は三太で得意そうに胸を反らせる。

「信吉の奴ぁ、内心じゃあ俺たちを見下してやがったんだ、ざまぁ見ろってんだ」

「お縁坊、ありがとよ。さ、褒美《ほうび》にこれをやろうな」

市次が、懐《ふところ》から半紙の捻《ひね》ったのを取り出した。受け取って中を開くと、桜花堂の桜最中が入っていた。お縁が嬉しそうに頬張《ほおば》るのを眺《なが》めていた市次が、思い出したように言う。

「桜花堂って言やぁ、当てたもんだ。昔は風がそよと吹いても飛んじまいそうなお店《たな》だったが、この桜最中のお陰で今じゃ内藤新宿《ないとうしんじゅく》一の、押しも押されもせぬ大店だからな」

「後妻に入ったのがやり手だって話だぜ」

「ああ、俺も聞いた。桜最中を考えたのもその後妻だってな」

「大分《だいぶ》年下だってなあ、桜花堂の旦那《だんな》ってのはじきに六十になろうって年寄りだろ？　あっちの方も励《はげ》み過ぎると毒だろうに」

　にやにやと言う三太へ、仁平が、子供の前で話すことではない、というように咳払いをした。口一杯に溶けた甘みを消すのが惜《お》しくてお茶も飲まずにいたお縁が、思い出したように問うた。

「振袖火事、って何？」

「ああ、信吉が言ってたあれか。お縁坊が知らねぇのも無理ないさね。百年以上前のこったからなあ」

　話の流れが変わったことにほっとした顔で、仁平がお縁に話して聞かせた。明暦《めいれき》三年（一六五七）、江戸の三分の二を焼失させた大火事は俗に「振袖火事」と呼ばれ、原因をめぐっては色々面白おかしく書きたてられたが、芝居や読み物の大筋では、怨《おん》念《ねん》のこもった振袖が幾度となく湯灌場買いの手を経《へ》て人手に渡り、そのたびに若い女が取り殺された、とのこと。供養して焼き払おうとしたその炎が大火事を引き起こした、と言い伝えられていた。

「それは本当の話？」

震えながらお縁は尋《たず》ねた。毛坊主三人は揃《そろ》って首を左右に振る。

「とんでもない。大勢の人間が焼け死んだってのに、その生き死にを面白可笑《おか》しく芝居に仕立て上げるなんざ罰当たりもいいとこだ」

信吉にそそのかされて副葬品を横流しするお調子者ではあったが、三人の性根《しょうね》は出家者に近いものがあった。また、そうした者でなければ湯灌の仕事は務《つと》まらなかった。

作り話と聞いて、お縁の身体の震えが止《や》む。いいかい、お縁坊、と市次が、熱のこもった口調で言った。

「亡くなっちまった人は何も悪さをしない。この世に未練があろうとなかろうと、何かに気持ちを残したりはしない。気持ちに拘《こだわ》るのは残った人間だけだ。死人《しびと》は、大人《おとな》しく俺たちに洗われて焼かれて骨になる。だから死人を怖れることは何もねぇ。本当に恐いのは、生きてる人間さね」

何もかもを理解出来た訳ではないが、市次の最後の言葉は、お縁の胸に強く響いた。

四

その日、青泉寺の通夜堂では通夜が営《いとな》まれていた。亡くなったのは大坂の商人で、商用で江戸に滞在中の客死《かくし》とのこと。郷里を離れての不慮の死を悼《いた》んで、取り引きのあった江戸の商人たちが弔問《ちょうもん》に青泉寺を訪れていた。

湯飲み茶碗を並べるだけ並べた盆を手に、中身の茶が零《こぼ》れないよう運んでいたお縁が、ふと足を止める。襖を取り外して広く使われている室内から、読経が流れていた。

種種《しゅじゅ》奇妙《きみょう》 雑色《ざつしき》之鳥《しちょう》
白鵠《びゃくこう》 孔雀《くじゃく》 鸚鵡《おうむ》 舎利《しゃり》 迦陵頻伽《かりょうびんが》
共命之鳥《ぐみょうしちょう》 是《ぜ》諸衆鳥《しょしゅちょう》

正真の唱える「阿弥陀経《あみだきょう》」だった。お釈迦《しゃか》さまのおられる極楽浄土には孔雀や鸚鵡などの色とりどりの鳥が美しい声で鳴き遊ぶ——この部分を聞くたびにそうした情景が浮かんで、華《はな》やいだ気持ちになるのである。

「あっ！」

お縁の後ろを歩いていた男が、立ち止まったお縁に気付かず、そのままどんっと当たった。弾みを食らってお縁は前のめりに倒れ、派手な音を立てて茶碗が廊下に落ちて割れた。亡骸を囲んで夜伽をしていた人たちが、ぎょっとしたように顔を上げた。正真の読経だけが揺るがない。

「何をしている」

倒れたままのお縁を見下ろしたまま、男が舌打ち交じりに言った。どこかの大店の大番頭、といった風情《ふぜい》である。見ると男の足袋《たび》が茶で濡れていた。

「お赦しくださいませ」

男の足元に這《は》い蹲《つくば》ったまま、うろたえたお縁はその足袋を、つい自分の着物の袖で拭《ぬぐ》ってしまった。

「何をする、汚い」

男は言って、お縁の頭をぽんと蹴《け》った。

「忠七《ちゆうしち》！」

突然、切りつけるような声が響いた。

名を呼ばれ、ぎくりとして男が振り返る。薄鈍色《うすにびいろ》の上田紬《うえだつむぎ》を美しく着こなした、姿勢のよい女が廊下に立っていた。双眸が怒りに燃えている。

「お、女将《おかみ》さん」

裏返った声を出す男に、彼女はきつい口調を崩さず言った。

「ぶつかっておいて助け起こしもしない。その態度は一体何だい」

「へ、へい、誠に相済みません」

忠七が手を貸すより早く、女はさっと腰を落とし、お縁の顔を覗き込んだ。

「大丈夫かい？　済まなかったねえ、怪我《け》はないかい？」

顔に刻まれた一面の縮緬皺《ちりめんじわ》が女を老《ふ》けて見せていたが、歯切れのいい物言いには若さと、それに労《いたわ》りが滲《にじ》んでいた。お縁は、はっと我に返り、大丈夫でございます、と返答して、居住まいを正した。そして両手をつくと室内に向かって深く頭を下げた。

夜伽の席をお騒がせして申し訳ございません——声には出さなかったが、お縁の詫びの心が充分に伝わる一礼だった。

忠七に「女将さん」と呼ばれた女は、感心した様子でお縁の姿に見入っていた。

女は桜花堂の後妻で、名をお香《こう》と言った。

「お坊さま……正念さま」

引き上げる弔問客を寺門《じもん》まで送り、その姿が遠のくまで提灯《ちょうちん》を手に見守っていた正念に、背後から声がかかった。振り返ると、薄鈍色の着物姿の女が立っていた。

「ああ、これは桜花堂の女将さん。お残りになられるのですか？」

ええ、とお香は頷いた。

「亡くなられた大黒屋《だいこくや》さんにはご恩がございますので。うちの桜最中の餡に使っている小豆《あずき》は大黒屋さんが仕入れて上方《かみがた》から届けてくださっているものなんですよ。お身内のかたの代わりは務まりませんが、せめて……」

その時、かたかたと磨《す》り減った下駄《げた》の鳴る音が聞こえて、提灯を持ったお縁が駆けて来た。正念に声をかけようとして、傍らのお香に気付き、立ち止まって頭を下げた。

「お縁坊、どうしたんだね？」

「はい、住職さまがお呼びでございます」

「承知した、すぐに行く」

正念の返答を聞くと、お縁はまた頭を下げて本堂に向かって走って行った。

「いい娘ですね」

お香の声には実があった。

「はい。なかなかに利発でございます」

答えて正念は、桜花堂の主人佐平《さへい》と後妻お香の間に子供がいないことを思い返していた。

「その上、よく働き、極《きわ》めて優しい娘です」

お縁の提灯が本堂の中に入るのを見ながら、正念はそう添えた。

数日後。

青泉寺にお香の差し向けた駕籠《かご》が来た。新仏に桜最中五十折を供《そな》えたいので、お縁を取りに寄越《よこ》して欲しい、とのことだった。大黒屋の遺骨は、大坂から身内が来るまで青泉寺で預かっていた。

「正念さま、なぜでございましょう？　桜花堂さんはこの駕籠でお供えを運んでいらっしゃれば一往復するだけで済んだでしょうに」

首を傾《かし》げるお縁に、正念は困って答えた。

「やはりそれでは失礼になる、と女将さんはお考えになったんだろう。亡くなられた大黒屋さんというのは、桜花堂さんの恩人だという話だったから」

恩人ならなおのこと人任《まか》せにせず自身で足を運ぶのではないのか、とお縁はやはり首を傾げたまま駕籠に乗り込んだ。

正念と、事情を察した毛坊主三人が、小さくなる駕籠を見送る。誰もが声には出さなかったが、「お縁坊、上手《うま》くやってくれよ」と胸のうちで声援を送っていた。

お縁を乗せた駕籠は但馬橋《たじまばし》を渡り、諏訪村《すわむら》を抜けてようやく内藤新宿にある桜花堂の店の前に着いた。大店らしく、掃《は》き清められた店の前には打ち水がされ、それが通行人に涼風を送っている。客の出入りの多い中、目ざとく駕籠を認めた小僧が店に駆け込んでその到着を告げたのだろう。駕籠から降りたお縁を、お香が晴れやかに出迎えた。

「ご苦労さん、駕籠は揺れなかったかい？　乗り慣れないと気持ちが悪くなるんだが、大丈夫だったかねぇ」

すらりと長身のお香は、ちょっと前屈みになってお縁の顔を覗き込む。姿勢のよさや声の若々しさとは裏腹に、明るい陽の下で見るお香の顔には、縮緬皺が一層くっきりと目立った。髪に白いものも沢山《たくさん》混じっている。大人の、それも女性の年齢はお縁にはわからない。この人は若いのか、それとも見た通りの年輩者なのだろうか、と戸惑いながら、お縁はお辞儀をした。店の中に入ると、番頭の忠七が、極《き》まりが悪そうにひょいと頭を下げる。お縁の手を引っ張って自分に引き寄せると、お香はその耳元に囁《ささや》いた。

「気にすることぁないよ」

きつくお灸《きゅう》を据えておいたからね、と言ってお香は笑い、今度は両の手でお縁の頰《ほお》を挟むとまたその顔をじっと覗き込んだ。お香の涼やかな瞳に自分の顔が映るのを、お縁は不思議な気持ちで見つめていた。

「お香や、その娘かい？」

そう声がして、奥から初老の男が顔を出した。利休鼠《りきゅうねず》の着物に、生壁色《なまかべいろ》の羽織《はおり》。上質の色違いの結城紬《ゆうきつむぎ》が、そのどっしりとした体軀《たいく》を品よく包む。柔和《にゅうわ》な風貌だが、眼力があった。その眼が、じっとお縁に向けられている。

「はい、旦那さま」

お香は言って、お縁の肩を抱くと主人にとびきりの笑顔を向けた。

「縁結びの『縁』の字で、お縁でございます」

お縁が桜花堂で茶と桜最中をご馳走《ちそう》になっている頃。正念は、師匠の前で落ち着かなかった。大事なお勤《つと》めなのに情《なさ》けない、と思いながらもお縁が心配で、読経に身が入らない。そんな弟子の様子に、正真はほろ苦く笑って問うた。

「お縁のことが、さほどに気がかりか？」

はい、と素直に頭を下げて、正念は答える。

「養女に貰《もら》い受けるとなれば、桜花堂さんもお縁の素性《すじょう》を色々問い質《ただ》すことでしょう。その……辛《つら》い思いをせねばよい、とそればかり」

自分の母親が不義密通をしたことや、父親がその始末のために国を出て六年も放浪した挙句に頓死《とんし》したことなどをお縁自身の口から話さねばならぬとしたら、どれほど辛いことだろう。それを思うと正念の胸は塞《ふさ》いだ。

「そのことなら心配無用じゃ。桜花堂の主《あるじ》にも女将にも、お縁の身の上を一切聞かぬよう言ってある。養女にする、しないに拘《かかわ》らず、その一点は固く守るとのことじゃった」

師の言葉に、正念は顔を上げた。

「源九郎殿が望まれた通り、諸々《もろもろ》の因縁を背負ったお艶という娘は、もうおらぬ。この青泉寺にいるのは、御仏より授かった『お縁』という娘だけじゃ」

さようでございました、と平伏しながら正念は、胸の奥がじんと熱くなるのを感じた。

桜花堂の主人佐平は、先妻との間に三人の息子を得たが、下の二人は乳児の頃に死亡している。残った長男仙太郎《せんたろう》は成人し、別に所帯を持っていた。昨夏、老舗《しにせ》の居並ぶ日本橋《にほんばし》に、ここより立派な構えの店を買い上げ、それを長男に任せたのである。ゆくゆくはこちらの店も閉めて、日本橋で同居する予定だ。

佐平は、娘というのを持ったことがなかったし、お香も望んだことなので、養女を貰うことに否《いな》やはなかった。またお縁に会って、その利発さを見抜いた彼はこの縁組にひどく乗り気になった。また、青泉寺の正真も、前回の捨吉の時のような心配もせずに済んだ。当のお縁は一切知らぬまま、何の問題もなく話はまとまりそうに見えた。

しかし、思わぬ横槍が入った。

長男仙太郎の妻が、異議を唱えたのである。

「この店の養女となるのに相応《ふさわ》しい娘なら、私の親戚の中にも何人かおります。何も墓寺で骸と戯《たわむ》れているような娘でなくとも」

桜花堂の奥座敷で、主夫婦と若夫婦が向かい合って座った時に、嫁女がそう口にした。

「だから、お前、そういう言い方はお止めと言ったろう？」

散々夫婦で揉《も》めたことらしく、仙太郎は親の手前もあって、うんざりした口調で続けた。

「この世に死なぬ人間などいないのだよ。私もお前も、青泉寺の世話にならぬとも限らないのだから」

夫では話にならぬ、と思ったのか、嫁女は桜花堂主、佐平に向き直った。佐平は、先刻よりただ黙って煙管《きせる》をふかしている。

「住職を信じる、と仰いますが、やはり素性の知れぬ者を家の中に入れるのは……ましてや養女にするのはいかがなものでございましょう？　犬猫でもあるまいし」

彼女は、お香の方をちらりと見て言った。途端《とたん》に、佐平が煙管を盆に叩きつけた。ぱんっと激しい音がして、煙管は折れ飛んだ。

「その含みのある物言いは何だね？　お香がこの家に入った経緯《いきさつ》をどこでどう聞いたかは知らないが、今は私の女房で、仙太郎の母親。お前にとってもおっ姑《か》さまではないか。了見次第《しだい》では、私も考えないといけないね」

日頃温和な佐平がここまで厳《きび》しい言い方をするのは珍しく、嫁女は思わず震え上がった。

「まあまあ、お父《と》っつぁん、これも深い思惑《おもわく》があって言ったことじゃないんだ。おっ母《か》さん、この通りです、堪忍《かんにん》してやってください」

如才《じょさい》なく言って、仙太郎は畳に両手をついて頭を下げた。慌ててそれに倣《なら》い、どうかお赦しください、と嫁女も平伏する。

佐平は難しい表情を崩さない。それをそっと見やって、お香は胸の中で手を合わせる。

――私に対する侮蔑《ぶべつ》の言葉を、この人は決して聞き捨てにはしない
身を挺《てい》して自分を守ってくれる大きな存在に、彼女は感謝せずにはいられなかった。

「お父っつぁん、おっ母さん、これは私からの提案なんですが」

仙太郎が顔を上げて、二人を交互に見る。父親に似て、柔和な表情の中にも屈強な意思が滲《にじ》んでいた。

「養女に迎えるというのは、この家の娘になり、私の妹になる、ということ。奉公人とは違い、やはり備わったものがなければ無理でしょう。縁組をして、駄目だからと青泉寺に戻したのでは、お縁にもお店の評判にも傷がつきます。『ああ、これなら』と思えるまで、今少し時間をかけてみてはいかがでしょう」

今の桜花堂は、昔のそれではない。内藤新宿一、それどころか、日本橋に店を構えるまでに成長したのだ。縁組にも慎重になる必要がある、という仙太郎の言い分はもっともであった。佐平は、隣りのお香と視線を合わせた。

お店の信用も大事。

お縁を無用に傷つけぬことも大事。

佐平とお香は、互いに頷きあった。

五

さらに二年の月日が流れ、お縁は十五になっていた。胸も尻もまろやかに肉がつき、女性らしい身体つきになった。月に一度、桜花堂から迎えの駕籠が来て、お縁は行儀見習いの名目でお香のもとに通わされていた。

面倒だから、と後頭部の高い位置で玉結びにしていた髪も、お香の手できちんと結い上げられて、通りを歩けば人が振り返るほどの娘に成長していた。肌は日に焼けて浅黒かったし、目鼻立ちが整って美しい、というのとも違う。だがお縁には他の娘にない気品のようなものが備わっていた。

「遅かったじゃないか、お縁」

お縁の到着を今か今かと、出たり入ったりしながら待ちかねていたのだろう、駕籠から降りるや否や、お香がお縁の腕を取った。

「今日は立花《りつか》を教えるからね。店に桜を生けてもらうよ。さあさ、早く上がった上がった」

そう言うとお香は、お縁の手を引いて桜花堂の暖簾《のれん》を潜《くぐ》る。その様子はまるで仲よい母娘《おやこ》のようで、店の者も、たまたま居合わせた客たちも、優しい眼差しで二人が奥に消えるのを見守った。

「思った通りだ、お縁は筋がいい」

お縁が桜の花枝を花瓶《かびん》に生けるさまを見て、お香は目を細めた。お縁の立花には、周囲の空気まで清浄に換《か》える芯の強さがある。まるでお縁そのものだ、とお香はそっと呟いた。

「女将さん、この桜の葉、桜花堂の桜最中の香りがしますね」

切り落とした枝を鼻に近づけて、お縁が嬉しそうに言った。ああ、それは、とお香は除《よ》けておいた桜葉を一枚ちぎり、掌《てのひら》でよく揉んだ。途端、周囲に甘やかな芳香が舞う。

「こうすると、さらに香りが立つんだよ。桜にも色々種類はあるけれど、こんなふうに葉が甘く香るのは、この大島桜《おおしまざくら》だけなんだ。だからこの葉を塩漬けにして、桜最中の餡の中に刻んで入れているんだよ」

「おいおい、それは内緒のはずだが」

先に声がして、佐平が笑いながら襖を開けた。居住まいを正そうとするお縁を制すと、彼はにこにこと花瓶の前に腰を下ろした。

「ほほう、これはまた風情のある立花だ。居ながらにして花見が出来る」

だがしかし、と佐平は、視線を立花の桜からお縁に移して、言葉を続けた。

「桜も盛りなら、お縁も同じく花の刻《とき》。娘らしい晴れ着の一枚もない、というのはいかがなものか。そろそろ私たちに着物の用意くらいさせてもらいたいものだ」

そうですとも、と佐平に頷いてみせて、お香は身を乗り出した。

「そうさせとくれ、お縁。お前の着物を選ぶくらい、心弾むことはありはしないもの」

着物でございますか、とお縁は戸惑《とまど》ったように自分が身に付けているものに目を落とした。藍色《あいいろ》の小袖《こそで》は、お香の古着を、お香に教えて貰って自分で仕立て直したものだ。それでもお縁には贅沢《ぜいたく》すぎるように思われた。

「私は寺住まいですし、このままで充分でございます」

やれやれ、とお香が首を振る。

「お縁は本当に欲がないねえ。けれど、それではこっちの気持ちの収《おさ》めどころがないよ」

「そうだとも。うちに出入りするようになって二年も経つというのに、お前から何もねだられないというのも寂しいものだ」

佐平の言葉に、お縁は困惑して俯《うつむ》いた。誰かに何かをねだる、という発想がそもそもお縁にはなかったのだ。さりとて「寂しい」という佐平の言葉も応《こた》えた。俯いた視線の先に、花鋏《はなばさみ》があった。輪の小さな大久保《おおくぼ》鋏は、手の小さなお香が、鋏鍛冶《かじ》に特別に作らせたもので、大層使い勝手がいい。お縁は顔を上げた。

「ならば、おねだりをさせてくださいませ。この花鋏を頂きとう存じます」

ええっ？　と佐平とお香は顔を見合わせる。

「何だってまたそんなものを……。鋏だなんて、あんまり縁起のいい品とも思えないよ」

不機嫌なお香の声に、お縁は身を縮める。その気不味《きまず》い沈黙を、佐平が破った。

「まあいい、お香、そうしてやりなさい」

た。

「お縁は自分が晴れ着を纏《まと》うよりも、その手で立花をして、人の目を楽しませることの方が好きなのだ。これはそうした娘だ」

佐平の言葉がお縁の胸に温かく響く。お縁は、ありがとうございます、と頭を下げた。

「けれど旦那さま」


その日。蒸《む》し暑い朝を迎えた青泉寺で、正念がお縁を探している。

「お縁、お縁」

はい、とかたかたと下駄の音をさせて、お縁が駆けて来た。手に煎《せん》じ薬を持っている。

「皆の具合はどうだ？」

「よくはございません。お腹《なか》も下したままでございます」

何が原因かは知れないが、三人の毛坊主が、揃って食あたりを起こしたのだ。

そうか、と短く言って、正念は考え込んだ。昨日亡くなった若い娘を湯灌し、火葬せねばならない。そのどちらも、自分ひとりで出来ることではなかった。近隣の寺に言って手を借りねば、と思案する正念の気持ちを察して、お縁は遠慮がちに口を開いた。

「正念さま、私にお手伝いさせて頂けませんでしょうか？」

目を剝《む》く正念を見て、お縁は下駄を脱ぐとその場に平伏して、さらに言葉を続けた。

「新仏さまは、私と同年と伺っております。同じ女の手でお清めして差し上げたいのです。拙《つたな》いとは存じますが、心を込めて湯灌させて頂きます。どうぞ私に手伝わせて下さいませ」

ううむ、と正念は唸《うな》った。若い娘を丸裸に剝《む》いての湯灌は、遺族には耐え難《がた》いものがあるのは確かだろう。しかし青泉寺では湯灌場に女が立ったことは一度もないのだ。

「正念、いかがいたしたのじゃ？」

本堂から出て来た正真が、二人の様子を怪訝《けげん》に思い、声をかけた。正念から事情を聞き終えると、正真は平伏したままのお縁を優しく見おろし、よかろう、と頷いた。

「条件が調《ととの》えばお縁に手伝わせるがよい」

正真の言う条件とは、故人の両親の許諾を得ること、ただそれのみであった。嫁入り前の娘のこと、殊更《ことさら》に母親が寺からの申し出に感謝し、これを受けたのだった。

六

白麻の着物に縄帯と縄襷姿のお縁が、緊張した面持《おもも》ちで湯灌場に立った。水に湯を足す「逆《さか》さ水」で、湯の温度を調整すると、お縁は正念と呼吸を合わせて若い娘の亡骸を盥の中へ入れる。少し離れて娘の両親がその様子を見守った。正念が仏の身体を支え、お縁一人でゆっくりと身体を洗っていく。

膣《ちつ》に詰めていた綿が外れたのか、どろりとしたものが湯の中に出て、父親は目を背《そむ》けた。お縁は自分の身体で仏の下半身を隠しながら、汚れたものを手桶で掬った。死後硬直が最も強く出る時だったらしく、両脚は棒のごとく伸びたまま固まっていた。それを湯の中で優しく揉んでやると、少しずつ、少しずつ和らいで来る。洗い終わると、正念とまた呼吸を合わせて抱き上げて、筵《むしろ》の上に寝かせる。お縁は娘の下半身を皆の視線から隠す位置に座ると、割り箸《ばし》を使って、膣と肛門の綿を詰め替えた。この時、初めて手が震えた。市次たちの仕事を目にしていたとはいえ、実際にやるのはこれが初めてだったのだ。無事に詰め終えると、別の手桶の湯で手を漱《すす》ぐ。

正真が読経を止め、両親を呼んで、帷子を着せるように命じた。母親が縫い上げたという帷子は、作法通り糸の端を結んでいない。二人はお縁の手を借りて、泣きながら帷子の袖に娘の腕を通した。正真が剃刀《かみそり》を娘の髪に当てる仕草をする。若い娘の場合、剃髪はしないのだ。

長く患《わずら》った、と聞いたが、なるほど頬が可哀想なほどにこけている。お縁は少し考えて、仏の口腔に指を入れ、頬の内側に綿を含ませた。娘らしいふっくらとした頬になった。

ああ、と父親がかすれた声を出し、お縁に深い感謝の眼差しを向けた。

「よかったねえ、よくしてもらったねえ」

そう言って、母親は娘の頬を撫でた。

「あの……紅《べに》を、紅を注《さ》してやってもよろしゅうございますか？」

母親がお縁に問い、正真が頷くのを見て、お縁は「注して差し上げて下さい」と答えた。

母親は、薬指の先で紅を溶いて、娘の唇にそっと乗せた。薄く、丁寧に紅を延ばしながら、母親ははらはらと涙を零《こぼ》す。その様子を見守りながら、お縁は「母とはかようなものか」と深く胸を打たれたのだった。

「お縁坊、今日は済まなかったなぁ」

枕元まで粥《かゆ》を運んでくれたお縁に、市次が礼を言った。年長の彼だけは、懐《なつ》かしい呼称でお縁を呼ぶのだ。

明日はもう仕事に出られる、と無理に笑う市次に、お縁は首を横に振った。

「無理は駄目よ。正念さまもそう仰ってたもの。幸い、今のところはどこも呼びに来ないし、明日一日、休んでくださいな」

部屋の隅で二つ折れになって腹を押さえていた三太が、低く呻いた。

「畜生《ちくしょう》め、信吉の野郎、ただじゃ置かねぇ」

「信吉って？」

お縁は、口の中でその名前を復唱して、首を捻《ひね》る。覚えているような、いないような。

「湯灌場買いの信吉だよぅ」

言われて、お縁は、はっとした。三太に胸倉を摑まれて吊るし上げられながらも、へらへらと嫌な笑い方をしていたあの男だ。あれから青泉寺への出入りを禁じられていた信吉が、住職へ詫びたいので仲を取り持ってくれ、と仁平に酒樽《さかだる》を持って頼みに来た。その賄賂《まいない》の酒に、下し薬が仕込んであった、という。

「うっかり受け取った俺が悪かった。面目ねえ」

仁平が布団の上で身を縮める。

「下し薬だなんて。何だってそんな真似を？」

「大方《おおかた》、別の寺にでも頼まれたんだろうよ。うちは評判がよすぎるから」

お縁の表情が曇った。仁平の言うことが真相なのだ。だが、もう一つ。おそらく信吉はいつぞや湯灌の湯を飲まされたことを長く根に持っていたのだろう。嫌な男だ。お縁は初めて、吐き捨てたくなる感情を抱いた。


翌日は、弔いのない、静かな朝になった。

毛坊主三人はまだ休んでいる。正真は本堂で冥想《めいそう》しており、それを邪魔せぬよう正念は外に出ている。おそらくは薬草を取りに出たのだろう。お縁は、水桶を手にそっと寺を抜け出した。少し歩いた先に湧き水があって、その水で茶を淹《い》れると何とも旨《うま》いのだ。今朝《けさ》は、住職さまと正念さまに飛びきり美味しいお茶を淹れて差し上げよう、とお縁は思った。

早朝にも拘らず夏の陽射《ひざ》しはきつく、一歩足を前に出すたびに、額や首、腋《わき》の下から汗がたらたらと流れ落ちる。目的の場所に着いた時には、汗まみれになっていた。

　岩と岩の間から渾々《こんこん》と水が湧き、それが小さな流れを作っていた。そこに両の手を浸《ひた》すと、あまりの気持ちのよさにお縁は、わぁ、と声を上げた。懐《ふところ》から手拭いを出すと、流れの中に浸ける。周囲を見回して、人影のないのを確認すると、固く絞った手拭いを八つ口に差し込んで腋の汗を拭った。手拭いを引き抜いて裏返して畳み直し、顔と首筋を拭う。

　お縁には油断があった。心地好さに目を細めながら、つい、帯の下に溜まった汗を拭うために、それを緩《ゆる》めてしまったのである。

「好《い》い眺めだな、おい」

　背後から声がかかった。

　ハッと振り向いて相手の顔を認めたお縁の表情が、強張《こわば》った。湯灌場買いの信吉が、にたにたと笑っていたのである。

　お縁は緩んでいた袂《たもと》をさっとかき合わせ、相手をきつく睨《にら》んだ。軽くからかって行き過ぎるつもりだった信吉が、おや、という表情をした。お縁の顔に見覚えがあったのだ。

「お前、青泉寺の預かりもんじゃねぇのか?」

　あれから二年が過ぎていたし、信吉に確信があった訳ではない。だが、返事もせずに自分を睨み続ける娘に、彼は「やはりそうか」と思ったようだ。同時に、屍を洗った湯を飲まされた、あの怒りが腹の底から込み上げて来たのだろう。

「あん時の礼をさせてもらうぜ」

信吉は言って、お縁に飛びかかった。お縁を組み伏し、頬を拳《こぶし》で交互に殴《なぐ》り、馬乗りになる。襟《えり》に手をかけて左右に分けると、あっさりと胸がはだけた。陽に晒《さら》されたことのない真っ白な乳房が現われた。

信吉の喉が、ごぼりと妙な音で鳴った。

誰か、誰か助けて！

そう叫んでいるつもりが、声にならない。お縁は必死で手を伸ばして周囲の草を探った。

信吉は乱暴に女の帯を引く。もとより緩められていた帯はするりと簡単に解けた。素人《しろうと》娘を手籠《てご》めにする、という事実が信吉を一層昂《たか》ぶらせたらしく、己の股間に手をやって下帯を剝《は》ぎ取った。信吉の両手がお縁の太ももに掛かり、それを左右に割ろうとした、まさにその時、お縁の手の先が拳大の石を捉《とら》えた。

南無阿弥陀仏《なむあみだぶつ》。

お縁はその名を唱え、時を外さず思いきり男の頭上に石を振り下ろした。信吉はぎやっと叫んで額を押さえる。

「誰か！」

やっと声が戻った。お縁は夢中で男を突き飛ばして叫んだ。

「誰か助けて！　助けて！」

少し先の草陰で薬草を摘《つ》んでいた正念は、誰かに呼ばれた気がして、顔を上げた。注意深く耳を澄ませると、確かに誰かが助けを求めている。待ったなし、の悲鳴のようだ。正念は草を放り出し、慌てて草陰を出て叫んだ。

「どうした⁉」

泳ぐように草を掻《か》き分けて、女がこちらへ逃げて来る。着物の前がすべてはだけ、髪も無残に潰《つぶ》れていた。そのすぐ後ろを、額から血を流して男が追っている。尋常でない女と男の様子に、正念は気が動転していた。その時、正念を認めた女が叫んだ。

「正念さま！」

自分の名を呼ばれたことで、正念はぎょっとする。あれは、あの女は……。女の正体を知った途端、獣のように正念は吼《ほ》えた。

「お縁！」

その後ろにいるのは、湯灌場買いの信吉か。信吉がお縁を手籠めにしようとしたのか？　走りながら、正念の胸から動転が去り、代わりに煮えたぎるような怒りと憎しみが突き上げ全身をめぐった。

「正念さま」

お縁が叫んで身体をぶつけて来た。それを自分の背中に庇《かば》い、追い縋《すが》る信吉と対峙《たいじ》した時、正念の中のその怒りは頂点に達したのだ。

「信吉、許さん！」

七

しゃんしゃんしゃん、と煩《うるさ》いほどの蟬時雨《せみしぐれ》が青泉寺の本堂を包んでいる。だが、その鳴き声も、正念の耳には届かない。彼は正座したきり、微動だにしなかった。雑念がないからではない。むしろ雑念が耳からも口からも溢《あふ》れ出そうになって身動きが取れないのだ。

「正念」

足音も立てずに本堂に入って来た正真が、静かに声をかけた。

「安心せよ。お前は殺生《せっしょう》をしてはおらぬ。信吉は意識を失っただけで、怪我も大したことはない。市次が介抱したら、息を吹き返して歩いて帰って行ったそうな」

はああ、と大きく息を吐いて、正念は師に深く頭を下げた。体中からどっと汗が噴出した。あの時、逆上して、信吉の首に両の手をかけ満身の力を込めた。信吉がもがき苦しんでもその手を緩めなかった。正念さま、お止めください、とお縁が止めに入らなければ……。

「私……私は」

言ったきり、言葉が続かない正念を、正真はじっと見た。そして視線をゆっくりと弟子から本尊に移し、静かに合掌した。正念は師を真似てそっと手を合わせた。


「入りますよ」

襖の手前で声を掛けて、お香はそっと部屋に入る。片隅で夜着を身体に巻いて、お縁が蹲《うずくま》っていた。

至急の来訪を願う正真からの文《ふみ》を受け、お縁の身に何か、と取るものも取りあえず駕籠で駆けつけたお香だった。彼女はお縁の傍《そば》に寄ると、無言のまま夜着ごと抱き寄せた。

お香は名前の通り、よい香りがして、お縁は抱かれたままそっと瞼《まぶた》を閉じた。母とはこのようなものなのだろうか、とお縁は思う。初潮を迎えてうろたえるお縁に、病《やま》いではない、と教え、優しく手当ての方法を施《ほどこ》してくれたのも、このお香であった。

「何の慰《なぐさ》めにもならないだろうけれど」

お香は、あやすように布団の上からお縁の身体を撫でながら言った。

「女というものに生まれてしまうと、誰でも似たような目に遭《あ》うのだよ」

女将さんもあんな目に遭ったことがあるのだろうか、そう思った途端、のしかかってきた男の重みや身体の臭いが蘇って、お縁はがたがたと震え出した。恐い、恐い、と震える少女をお香は胸の中に強く抱き締めた。

その夜、お縁は熱を出した。

熱は幾日も続き、夢うつつの中で、お香がずっと付き添っているのを、その優しい手が幾度となく額に置かれるのを感じた。どのくらい時が経ったのか、お縁は自分の枕元で男女の声がするのを聞いた。誰なのか知りたい、と思っても瞼《まぶた》がどろりと重く、上がらないのだ。仕方なく話し声に耳を澄ませた。

「可哀相に。もっと早くうちに引き取っていさえすれば、こんな怖ろしい目に遭わせずに済んだかも知れない」

この声は桜花堂のご主人だ。私を見舞いに来てくださったんだ。声を出そうとするのだが、身体に力が入らないお縁である。

「旦那さま、お願いでございます。このままお縁をうちに連れ帰らせてくださいませ。もう一日も待てません。早くお縁を養女に……私をこの娘の母親にしてくださいませ」

ああ、女将さんはそんなふうに思っていてくださったのか。瞼の奥でお香の顔をした天女《てんにょ》が桜色の羽衣《はごろも》を翻《ひるがえ》して舞っている。

「聞けば、青泉寺では、この娘に亡骸を洗うことまでさせているとか。血縁者ならまだしも、見ず知らずの死人《しびと》を洗う、などと、考えただけで身の毛がよだちます」

身の毛がよだちます、という声がお縁の頭の中で共鳴する。お縁の見ていた夢の色が変わった。羽衣だと思っていたものは、薄汚れた経帷子《きょうかたびら》で、舞っている女も天女ではない。目を凝《こ》らすと、女の面が割れ、中から鬼女の顔が現われる。それが手にした太刀《たち》で、お縁を後ろから袈裟《けさ》懸《が》けに切り捨てた。

ぎゃっと悲鳴を上げて、お縁は目覚めた。桜花堂の主夫婦の姿はなく、ただ、こちらに背中を向けて行灯《あんどん》に火を入れている正真がいるだけであった。

「目覚めたか、お縁」

正真は、お縁を振り返り、柔らかい声で言った。お縁はぐらぐらと揺れながら何とか布団の上に半身《はんみ》を起こし、無理にも膝を折って正座した。住職から自分に何か大事な話があるのでは、と察したがゆえであった。

正真はお縁に向き直った。

「桜花堂から、正式にお前を養女に迎えたい、との話があった。最初にこの話が出て二年。頃合いだ、と私も思う」

長い沈黙の後、お縁はようやく口を開いた。

「桜花堂のご主人は、今日、こちらにいらしたのですか？」

「ああ、今日の昼過ぎに来られて、夕方までお前のその枕元に詰めておられた」

お香は今日までずっと看病に詰めていたのだが、お縁を迎える準備をする、と一《いっ》旦《たん》、主人と一緒に店に戻ったという。

やはり、あれは夢ではなかったのだ。

そう思って、お縁はわずかに身を震わせた。

「いかん、また熱が出て来たのかもしれぬ」

震えているお縁を布団に入れ、正真は、風が入らぬように夜着の肩口をぽんぽんと押さえた。

「住職さま、正念さまは？」

「本堂にこもっておる」

短い返答に、師としての慈愛が滲んでいた。ああ、正念さまは苦しんでおられるのだ、とお縁は察した。正真は優しくこう続けた。

「何も案ずるな。早く熱を下げて、桜花堂に行くのだよ。御仏のご縁を得て、これよりは、善き人生が待っておるぞ」

善き人生、とは一体何だろう？

正真が去った後も、お縁は布団の中で息を詰めて考えていた。住職さまは「これよりは」と仰った。ということは、これまでの人生が「善き人生」ではない、ということだろうか？

父は頓死、不義を働いたという母の記憶も朧《おぼろ》で、その行方《ゆくえ》も知れない。湯灌場買いの男には手籠めにされかかる。確かにそれらは「善いこと」ではなかった。けれど、とお縁は思う。ならば、一度も「ああ、善かった」と思えることがなかっただろうか？　いや、そんなことはない、とお縁は自答した。

湯灌を終えて、穏やかな表情になった父を見た時。病いやつれした娘の亡骸に含め綿をし、ふっくらとした頬になった時。母親がその娘の唇に紅を注すのを見た時。

——見ず知らずの死人《しびと》を洗う、などと、考えただけで身の毛がよだちます

お香の容赦ない声が蘇って、お縁は堪《たま》らなくなった。そっと夜着をはいで、部屋の外へ出る。夜は深く、建物の中に気配はなかった。毛坊主たちは眠り、正真は寝所で書物を読んでいるのだろう。お縁は本堂に足を向けた。

月光が本堂の奥まで差し込んでいる。お縁は、庭からそっと中を覗いた。

正念が本尊に向かい、座禅を組んでいる。どのくらいそうしているのか、頬はこけ、閉じた眼の周囲は落ち窪《くぼ》んでいる。剃刀を当てていないために髪と髭《ひげ》が茫《ぼう》と伸びていた。

あの時。信吉の首に両の手をかけた正念の目には、殺意があった。お縁には、あたかも鬼が正念の身体を乗っ取ったかに見えた。

『乗っ取ったのではなく、生来の性根が現われただけだったとしたら？』

そんな正念の自問する声が聞こえて来るようだった。

おのれの中に潜む鬼の姿を見てしまった正念の苦しみがどれほど深いか。

もとを糺《ただ》せば、その苦しみはお縁の招いたことなのだ。胸を絞られる痛みに耐えて、お縁は本尊に向かってそっと手を合わせた。

八

翌日。

青泉寺では、首を括《くく》って死んだ青年の湯灌と火葬が行なわれた。両親と許婚《いいなずけ》とが湯灌に加わり、新仏の身体と魂を洗い清める。

お縁は、少し離れてその様子を見守った。舌がだらりと伸びたままの亡骸に、市次らがゆっくりと宥《なだ》めるように湯を掛けていく。硬直を解《ほぐ》し、舌を口腔内に納め、母親と許婚の縫い上げた帷子を着せる。

ある程度裕福な家なのだろう、丸い早桶ではなく、四角い座棺が用意された。納棺の際、許婚が、一緒に焼いてくれと泣き崩れた。病いならまだしも、自死は残された者の辛さも募るばかりだ。後には悲嘆に暮れる日々が続くだろう。それでも、火屋で茶毘に付され、骨を拾う段階になると、遺族の多くは、執着の納めどころがついた、という表情になる。

一連の流れを見守って、お縁は、自分の心に「ある答え」が形になりつつあるのを感じた。その答えに今はまだ、確証が持てないことも、認識していた。お縁の眼は、真っ直ぐ本堂に向いていた。

「正念さま」

呼びかけに、正念は閉じていた瞳を開いた。お縁が本堂の入り口にひっそりと立っているのを認めると、掠《かす》れた声で言った。

「お縁坊」

懐かしい名で呼ばれ、思わずお縁の口元が綻《ほころ》ぶ。お縁は正念の前に進み出て、彼と膝を突き合わせるようにして座った。

「正念さま、お願いがございます。お手を、掌を拝見させて頂けませんか？」

少し怪訝そうな表情を見せ、それでも正念は両の掌を上に向けて、お縁に差し出した。お縁もまた、掌を上に向け、受け取るようにして正念の手に添えた。

ああ、この手だ。

お縁は思い出していた。あの日、父の背中をこの手が洗った。汚れた湯を手桶で掬って綺麗に保ち、この上なく優しく丁寧に、父の亡骸を洗った手だ。

お縁の双眸から、ふいに涙が溢れ出た。

涙は頬を伝い、正念の掌にぽたぽたと零《こぼ》れ落ちる。正念はハッと瞳を見開いた。

「この手でございます」

涙を拭うこともせずに、お縁は言った。

「正念さまのこの手が、私の父を清めてくださいました。骸だけではなく、父の抱いていた無念を洗い流し、その魂を清らかにして浄土に旅立てるようにしてくださったのです」

「この手が」

正念は、苦しみの中で言った。

「この手が、信吉を手にかけて殺《あや》めようとした」

「私の父もまた、自分の妻と不義の相手とを殺めようとしておりました。その一念で六年を過ごし、この地で力尽きて果てたのです」

お縁は正念の手を握り締めた。温かい、大きな手だった。

「この手、正念さまのこの手こそが、父の無念を洗い流してくださったのでございます。私にとっては尊い、何よりも尊い手です」

お縁の言葉に、正念の両眼から熱い涙が溢れ出した。堪《こら》えきれず、お縁に手を包まれたまま、彼は顔を覆《おお》った。漏らすまいとしても、固く閉じた唇の隙をついて嗚咽《おえつ》が洩《も》れる。

いつの間にか、正真が本堂の入り口に立ち、黙って二人の様子を見守っていた。

九

「桜花堂へは行かぬ、と申すのか」

正真が腕を組んで、唸るように言った。

はい、とお縁は下げた頭をさらに畳に擦り付けて答える。あの夜、正念の掌を見た時に、きっぱりと心は決まっていたのだった。

「そ、そんな」

並んで座っていたお香と佐平が、うろたえて腰を浮かした。正真に呼ばれた二人は、てっきり正式な承諾の返答をもらえるものと信じて、青泉寺に駆けつけたのだ。

「お縁、どうして？」

お香が、平伏しているお縁ににじり寄る。

「何か気に入らぬことでもあるのかい？」

「私たちが親では不足なのかね？」

佐平が女房の言葉に、言い添えた。お縁は顔を上げ、きっぱりと首を横に振って言った。

「この二年、佐平さまを父と慕《した》い、お香さまを母と慕って過ごして参りました。嘘偽《いつわ》りなく、そう過ごして参ったのでございます」

お香と佐平が、安堵《あんど》して顔を見合わせた。

「だったら、どうして」

お縁に言い募ろうとするお香を、正真が制した。彼はお縁を見据えて問い質《ただ》した。

「養女に行かずに、どうやって生きて行く?」

「青泉寺に置いて頂きたく存じます」

「お前も齢《よわい》十五。年が明ければ十六になる。生臭い女人がいてよい場所ではない」

お縁は静かな眼で正真を見た。そして、無言で着物の袂に手を差し込んだ。成り行きをはらはらと見守っていた正念が、お縁の取り出したものを見て、あっと息を飲んだ。

花鋏、それも佐平お香夫妻に初めてねだったあの花鋏なのだ。周囲にいた大人たちに止める間も与えず、お縁は髷《まげ》の根元に鋏を入れ、ざくと音を立てて髪を切り始めた。

「ああ、何てことを!」

お香が悲鳴を上げてお縁の手を押さえたが、すでに遅かった。無残に顔に落ちてきた髪を払うこともせず、お縁は正真に手をついた。

「髪を切りました。もう生身の女ではございません」

「尼僧になるならば、尼寺へ行くがよい。青泉寺は、そうした寺ではない」

正真の突き放した言葉に、お縁は真っ青になった。師匠といえど、これはあまりなこと、と正念がお縁を庇おうと口を挟みかけた時。

「桜花堂のお二人は、私の願い通り、お前の身の上を一切聞かず、養女にすることを望まれた。異議もあったであろうに、二年の時をかけてゆっくりと周囲を説得された。その精進《しょうじん》を思うてみなさい。お前には、お二人に自身の本心を話す義務があるはず。お前が何を考え、何を望んだのか、隠さず話すがいい」

正真の口調は、これまでのものとは異《こと》なり、お縁を慈《いつく》しむものであった。仰る通りだ、そう思ってお縁はお香と佐平に向き直った。

かなかなかな。かなかなかな。

蜩《ひぐらし》の蟬しぐれが、夕暮れに溶けている。

母のこと、父のこと。父の亡くなった際に見た湯灌のこと。亡くなった少女の亡骸に紅を注す母親のこと。湯灌が「死人を洗うなど、身の毛がよだつ」と受け取られていることに衝撃を受けたこと。

そして昨夜見た、正念の手のこと。

すべてを話し終わって、お縁は大きく息を吐いた。室内の大人四人は身じろぎもしない。

「つまり……」

沈黙を破ったのは、桜花堂の佐平だった。

「この寺に留《とど》まって、湯灌場で働きたい、毛坊主になりたい、と、こういうことなのか」

その口調にわずかに「毛坊主」を軽んじるものを感じて、正念が思わず口を開く。

「三昧聖《さんまいひじり》、という言葉がございます。上方では、毛坊主のことをそう呼ぶのだそうです」

正念の双眸に、強い光が宿る。

「僧籍にある者だけが釈迦に近い訳でも、尊い訳でもございませぬ。まことの聖とは、衆生《しゅじょう》の中にあって、これを導《みちび》くもの。なればこそ、亡骸を清め、浄土に旅立てるよう手を貸す者を、三昧に於《お》ける聖、すなわち『三昧聖』と呼ぶのではございませぬか？」

ううむ、と佐平は唸った。年齢も重ね、幾人も身内を見送っている佐平にとって、死に携《たずさ》わる毛坊主を軽んじるつもりはなかったのだ。だが、心のどこかで、やはりその者たちを低く見ていたことを、正念に言い当てられた思いだった。

「あの」

お香の発した短い声が、震えていた。その顔から血の気が失せている。

自分を娘に、と望んでくれた人に酷《こく》なことをしてしまった、とお縁は申し訳なさで胸が一杯になりながら、お香の言葉を待った。

次の言葉が、なかなか出て来ない。口の中に水分がないのか、お香は無理に何かを呑み込むように喉を鳴らし、やっとのことで掠《かす》れた声を出した。

「お父上は、久居藩の藩士、と言いましたね。お母上は、不義密通の相手と逃げた、と」

はい、と頷くお縁に、お香は言葉を繋げた。

「名前を……ご両親の名前を、聞かせておくれでないか？」

「父は、矢萩源九郎。母は登勢《のぞ》と申しました」

ふっとお香が後ろに仰け反るように倒れた。

「お香！　これ、お香！」

佐平が慌てて女房を抱き起こす。激しく揺さぶられて頭がぐらぐらと揺れたが、お香の意識は戻らなかった。

「医者を呼んで参ります」

お縁が転がるように部屋を飛び出した。

この日を境に、桜花堂からは一切、音沙汰《おとさた》がなくなり、佐平お香夫婦とお縁との縁はぷっつりと切れたごとくになった。

十

いつの頃からか、風に乗って次のような噂話が聞かれるようになった。

江戸は下落合村に青泉寺という名の寺があり、そこには「三昧聖」と呼ばれる娘がいる。三昧聖の手にかかると、病みやつれた死人は元気な頃の姿を取り戻し、若い女の死人は化粧を施されて美しさで輝くようになる。三昧聖の湯灌を受けた者は、皆、安らかに浄土に旅立って行くのだ、と。

　竹林の中を風が渡って行く。

　晩秋の風はしみじみと寂しい。お縁は手桶を持ったまま、感慨に耽《ふけ》っていた。ここで正真に助けられて七年、お縁は十六歳になっていた。父の八回忌もじきに廻って来る。

「正縁《しょうえん》、正縁！」

　ふいに強い調子で呼ばれて、お縁は、はっと我に返った。目の前に正念が立っている。

「幾度も呼んだのだぞ」

　そう正念に言われて、申し訳ございません、とお縁は頭を下げた。

　女ゆえに寺男とも毛坊主とも呼ばれない中途半端な身分のお縁に、「三昧聖」として精進させるために、青泉寺住職の正真が新たに与えた名前、それが「正縁」であった。

「そろそろ自分の名前に慣れなさい」

　いつまでも「お縁坊」では困る、と正念はほろりと笑い、それから厳しい顔になって、すぐに戻るよう命じた。桜花堂から早駕籠が届いた、というのである。

　およそ一年ぶりに聞くその名に、お縁は言い知れぬ胸騒ぎを覚え、走り出した。後ろでひとつに束ねられていた髪が解けて、肩先までの毛が風の中で激しく揺れた。

桜花堂の主、佐平は前夜、手代を一人連れて寄り合いに出かけ、帰りは深夜になった。手代の照らす提灯の灯りを頼りに夜道を急いでいるところを、金子《きんす》目当ての強盗に刺し殺されたのだ、という。

正真から事の次第を聞かされて、お縁には声もなかった。あれ以来、往き来《ゆき》は絶えていたが、柔和な風貌の佐平を今も心の中では父のように慕っていたのだ。

「桜花堂では、お前に来て欲しいそうだ。湯灌も家で行ないたい、ということだった」

お縁は師の顔を見て、しっかりと頷いた。


久々に訪れる桜花堂は、悲しみの中にあった。早駕籠で到着したお縁を、忠七がおろおろと出迎え、奥座敷に案内する。お縁を見て、仙太郎夫婦が頭を下げた。お香は亡骸の枕元に呆《ほう》けたように座り込んでいる。

佐平は、戸板に乗せられたまま、上から上質の布団をかけて安置されていた。白い面布《めんぬの》は取られ、お香の手にある。お縁は正座し、新仏に一礼すると、静かに合掌した。

「戸板なんぞに寝かせて置きたくないんだが、随分《ずいぶん》刺し傷があって……」

仙太郎が苦しげに言って、片手で顔を覆った。先に浅手を負った手代が助けを呼びに走っている間に、惨殺されたのだ。亡骸は町方《まちかた》の検分を終えて桜花堂に戻されたが、あまりの傷の酷《ひど》さに誰も手を出せないのだと言う。

お縁は頷き、そっと布団を剥《は》いで亡骸をあらためた。胸の刺し傷も痛々しいが、殊に腹のそれは刺した後で刃物をねじったらしく、大きな穴が開き、腸《はらわた》が露出していた。お縁自身、ここまで酷《ひど》く傷ついた遺体を見るのは初めてだった。お縁はしばらく考え、やがて意を決すると、針と糸、それに新しい晒《さら》しをあるだけ用意して欲しい、と仙太郎に頼んだ。

大番頭の忠七は、座敷に入ることも許されず、ただその前の廊下を行ったり来たりして過ごしていた。と、突然、襖が乱暴に開いて、仙太郎の妻が袂で口を覆って飛び出して来た。そして廊下にしゃがみ込んだかと思うと、庭に向かって激しく戻し始めた。

「だ、大丈夫でございますか？」

「あ、あんなこと……あんな怖ろしい……」

辛うじてそう言うと、またげぇげぇと戻す。

忠七はその背中を擦《さす》りながら、あの中で一体何が行なわれているのだろうか、と恐る恐る奥座敷の閉じられた襖を見やった。


斬られる時に随分抵抗したのだろう。腹と胸の刺し傷のみならず、背中に大きな斬り傷と、手にも小さい傷がいくつもあった。お縁は針と糸を使って、それらの傷を丁寧に縫い合わせていく。背中の傷を縫う時、仙太郎が亡骸をうつ伏せにするのを手伝ったが、彼はもうそれだけで卒倒しそうになっていた。茫然自失《ぼうぜんじしつ》だったお香が、それで我に返ったのか、彼に代わって佐平の身体を支えた。すべての傷を塞《ふさ》ぎ終えると、お縁は、まるで生きている人にそうするように、傷跡に晒しを巻いて手当てした。

そうするうちに青泉寺から正念らが手助けにやって来た。亡骸の状態から見て、盥で洗うことは無理だろう、と正念は判断した。お縁もこれに同意したが、ただ、せめて身体を綺麗に拭い、また傷のない場所は湯で清めて差し上げたい、と正念に訴えた。

「いいだろう」

正縁の望むようにしなさい、と彼は言った。

「私、私にもお手伝いさせてくださいませ」

お香がお縁の腕に縋《すが》って言ったのは、正念による剃髪も終わり、盥に佐平の脚《あし》を入れて洗っていた時だった。髪は乱れ、焦点は定まらない。連れ合いの不慮の死が、お香を幽鬼のごとく見せていた。お縁は胸の塞がる思いで、脇に置いていた新しい手拭いをお香に渡した。二人して、佐平の脚の汚れを洗い流す。

遠い日、お縁がお香に髪を結ってもらう様子を、にこにこと眺めていた佐平がいた。お縁に最中の餡を詰めさせて「筋がよい」と目を細める佐平がいた。「これはそうした娘だ」と、花鋏をねだったお縁を許してくれた佐平がいた。佐平と過ごした日々を思い出すうちに、お縁の口をついて経文が流れ出る。

父母に十二の恩あり
一に十月在胎《とつきざいたい》の恩
二に臨生怖畏《りんしょうふい》の恩
三に抱持養育《ほうじよういく》の恩
四に咽苦吐甘《いんくとかん》の恩
五に澡浴不浄《そうよくふじょう》の恩
六に衣服飲食の恩
七に教授誡勗《かいじょ》の恩
八に奉貢師友《ほうくしゆう》の恩
九に重貢君長《じゅうくくんちょう》の恩
十に憂喜常倶《ゆうきじょうぐ》の恩
十一に出入常懐《じゅつにゅうじょうかい》の恩

十二に常懼《じょうく》不善《ふぜん》の恩　これなり

以前耳にした時には、自分のために唱えることなどあるまい、と思っていた「仏説《ぶっせつ》孝子経《こうしきょう》」を、お縁は口にしていた。唱えながら、溢れる涙を止めることが出来なかった。

お香は畳に伏して、声を上げて泣いていた。

佐平の四十九日も済み、その年も暮れようとしていた、ある昼下がり。お香が青泉寺に正真を訪ねてきた。お香の、どこか思い詰めた顔を見て、正真は彼女を本堂に案内し、自らお縁を呼びに行った。

「女将さんは、住職さまにお話をされに来られたのではありませんか？」

お香の話を聞くように、と師匠に命じられたお縁は、不思議そうな顔をしたが、言われるままに本堂におもむいた。

お香は本堂の隅に背筋を伸ばして座っていたが、その背中は以前よりさらに小さくなっていた。お縁が挨拶《あいさつ》をしても、ゆらりと頭を前に傾げるだけで、声はなかった。

お縁は、遠慮がちにお香の前に座した。お縁と向かい合いながら視線を交《まじ》えず、お香はしばらく無言で庭の雪を見つめていた。仕方なく、お縁も庭に目をやる。昨夜から降り続いた雪が、松の枝に積もって花が咲いたようだった。

「私の父は伊勢国《いせのくに》津藩《つはん》の武士でした」

お香が静かに口を開いた。

「津藩に代々仕える植木職のものが、飛鳥山《あすかやま》に将軍さまの御桜を植え、あれほどまでの名所にしたのです。桜花堂の桜最中は、それにちなんだものを、と佐平と私で考案したもの」

桜最中の由来に紛《まぎ》れて、お香は何か、とてつもなく大事なことをお縁に伝えようとしているのではないか。

「伊勢国の津藩……」

お縁は口の中で小さく呟いた。

開けてはならない長持《ながもち》の蓋を持ち上げているのではないか？　そんな考えが浮かんで、膝に置いた手がわずかに震え出す。

「そう、津藩」

お香が、視線を庭からお縁に転じた。

「久居藩はその支藩です。私の前の夫は、その久居藩に仕官していたのですよ」

久居藩は、父、矢萩源九郎が仕えていた藩である。脳裏に、あの日、両親の名を聞いて気を失ったお香の様子が鮮やかに蘇る。

まさか、そんな。

お縁は心に浮かんだ「とんでもない考え」を必死で打ち消した。

歳《とし》が違う。

第一、名前が違うではないか。

膝の手を拳に握って、お縁は耐える。

「私には、親が決めた許婚ではなく、別に慕う幼馴染みがいました。けれど、無理矢理に許婚のものにされ、子を授かりました。しかし夫となった人と心が添うことはなく、子を愛《いと》しいと思う気持ちを育《はぐく》むこともできず、ついには不義密通の汚名を着て、その相手と逃げたのです」

握り締めた拳ががたがたと震え出した。

お香は、そんなお縁を哀しみに満ちた目で見つめた。

「夫だった人の名は、矢萩源九郎。ともに逃げた人の名は、梶井兵衛門。そして私は」

ひとつ、重い息を吐いて、お香は続けた。

「私の名は、登勢。登勢と言いました」

「名前が」

短く叫んだきり、お縁は言葉が続かない。

「変えたのです、名前を。いえ、正しくは新しい名前を佐平殿に授けて頂いた」

手に手を取って江戸まで逃れたはいいが、兵衛門は武士の器《うつわ》でしかなく、またお登勢自身も所詮《しょせん》は世間知らず。たちまちに立ち行かなくなった。食い詰めて、二人して大川《おおかわ》に身を投げたのだが、お登勢一人が死に損《そこ》なって、桜花堂主人の佐平に助けられたのだという。

「香り立つような人生にせよ、と。それでお香という名を貰ったのです」

お香は居住まいを正すと、畳に手をついた。

「母と名乗る資格も、許しを請《こ》う資格もないのは、一切承知。それでも……」

あとは言葉にせず、お香はお縁に深々と頭を下げた。お縁は息を詰めてそれを見ていた。

母に逢《あ》ったなら、問いたいことがあった。相手の男と出奔《しゅっぽん》する際、娘は歯止めにならなかったのか。私は不要な存在だったのか。一度でも、逢いたいと思ってくれたことはなかったのか。聞きたい思いは胸にあるのに、お縁の唇は固く一文字《いちもんじ》に結ばれたままだった。

そう、初めて会った日に見た、顔中に刻まれた皺も、白いものが目立つ髪も、兵衛門と逃げた後の大変な労苦を受けてのものなのだ。器以上の苦労が女を早く老いらせることを、今のお縁は知っていた。

許すとも、許さぬとも言わず、お縁はただ黙ってお香を見つめていた。お香もまた、ひたすらに頭を下げ続けた。

――私は母上にとって、要《い》らぬ存在だったのでしょうか？　この世に生み出したことを後悔されておられたのでしょうか
そう問うことがお香を深く傷つけることを、また自分自身が傷つくことを、お縁は知っていた。お縁の思いは救いと出口とを求めて、胸に溢れた。

重みに耐えかねたように、庭の松の枝の雪が、ばさりと音を立てて落ちる。それに目をやって、お縁はふと、お香が死ぬる時にも自分は「孝子経」を唱えるだろう、と思った。そう思った途端、涙が溢れ出した。畳に額をつけたまま、お香も肩を震わせていた。


お香を乗せた駕籠が小さくなるのを、お縁は寺門から見送った。毛坊主たちが庭掃

除をしながら、そんなお縁を見守る。

「いつまでああしてるのかねえ、お縁坊、風邪を引いちまうよ」

心配そうに呟く市次を、仁平が諭《さと》す。

「お縁坊じゃねぇ、正縁だよ」

「そうとも。今じゃ立派な三昧聖だ。お縁坊はおかしいぜ」

と、三太が脇から冷やかした。

「いいんだよ、俺にとっちゃお縁坊はお縁坊だ。出世魚じゃあるめぇし、大きくなるたびに名前を変える必要なんかねぇ！」

市次がむきになって応戦している。

「出世魚か、面白いことを言う」

お縁は耳の傍で聞こえた声に顔を向けた。いつの間にか正念が横に立っていた。正念はお縁に笑顔を見せ、ゆっくりと目を転じた。お香を乗せた駕籠が、雪景色の彼方に見え隠れしている。正念と並んでそれを見つめながら、お縁は思う。

お登勢から、お香へ。

お艶から、お縁、そして正縁へ。

二人の女は名を変えることで、道を拓《ひら》いて生きたのだ。

「正縁は魚ではない、さしずめ『出世花』と言うところかな」

正念の言葉に、お縁はどう応じていいかわからず、戸惑うばかりだ。そんなお縁に正念は慈愛の眼差しを向けて、こう言葉を継いだ。

「仏教で言うところの『出世』とは、世を捨てて仏道に入ることだ。正縁は名を変えるたびに御仏の御心に近付いていく。まことに見事な『出世花』だ」

お縁は、ふいに洩れそうになった嗚咽を、両の掌で覆った。

※参考文献
高橋繁行著『葬祭の日本史』講談社現代新書

落合螢

一

風が甘い。

薬王院《やくおういん》の梅の香が、ここまで流れて来ているのだろうか。

お縁は、湧き水を汲む手を止め、腰を伸ばす。眼下、上落合の集落が広がり、水田を縫うように蛇行する神田上水と妙 正寺川《みようしようじ》とが、日差しを浴びてきらきらと輝いていた。二つの流れが重なるあたりに大きな一枚岩が鎮座しているのだが、それがまるで巨大な亀がのんびりと甲羅干《こうら》しをしているごとく、お縁の目には映《うつ》った。

春なのだ。

鼻腔《びこう》一杯に甘い匂いを吸い込みながら、お縁の心は浮き立つ。

何しろ年が明けてついこの間までが寒すぎた。近年にない極寒《ごつかん》に、病《やま》い持ちの年寄りはひとたまりもなく、青泉寺の火屋に煙の上がらぬ日はなかった。お縁も連日、湯《ゆ》灌場《かんば》に立って亡骸《なきがら》を洗い清めたのだった。このまま、温かい日が続けば、近隣の病人たちもきっと持ち堪《こた》えることが出来るだろう。お縁は、お天道様に向かってそっと手を合わせた。

ふと、地鳴りが聞こえた気がして、お縁は顔を上げ、周囲を探った。ずん、ずん、と徐々に近付いて来る音に、ああ、これは、と慌てて傍《そば》の欅《けやき》の幹に隠れる。龕師《がんし》の岩《いわ》吉《きち》がこちらに歩いて来るのに違いないのだ。

そっと様子を窺《うかが》っていると、細い曲がり道を、道幅一杯の大男がこちらに向かって来る。果たして、早桶を背負った岩吉だった。

岩吉は、龕師、つまり亡骸を納める棺《ひつぎ》を作る職人で、通常なら大八車に乗せるなり、数人で運ぶなりする早桶を幾つも重ねてその背に負い、青泉寺まで運ぶのだ。六尺を優に超える身体に大きな桶を乗せた姿は巨大な亀のようにも見え、また、顔中を覆《おお》う疱瘡《ほうそう》あとの痘痕《あばた》が軽石のようにも見える。だから、口の悪い者は彼のことを神田上水の巨石に喩《たと》えて「一枚岩」などと呼んでいた。

風貌に加え、岩吉は怖ろしく無口で、誰かと親しく交わることを好まなかった。青泉寺でお縁が幾度、挨拶をしても、また、声をかけても、面倒そうに横を向かれるばかりだった。岩吉にとって苦痛なのならば、と自然に彼と顔を合わせるのを避けるようになったお縁である。

欅の陰のお縁に気付かず、岩吉は、桶を背負ったまま屈んで、湧き水の流れに両手を浸《ひた》した。幾度も水を掬《すく》ってはごくごくと音を立てて美味《うま》そうに飲んでいたが、はたとその動きを止めた。両の掌《て》の水溜まりをじっと見ていたかと思うと、口元を綻《ほころ》ばせる。思いがけず優しい表情だった。彼は手の中の水をそっと流れに戻して、立ち上がった。そして再び、ずん、ずん、と地響きを立てながら青泉寺の方へと遠ざかって行った。

何を見ていたのだろう？

お縁は好奇心を抑えられず、その姿が見えなくなるや否《いな》や、流れに駆け寄った。目を凝《こ》らすと、水中で、小指の先ほどの黒い虫が置石の陰に隠れている。細かい節から成る胴体に、無数の足が蠢《うごめ》いていて、見つめていると何やら背中がもぞもぞして来る。

飲み水にこんな気持ちの悪い虫が潜《ひそ》んでいるのを嫌う者も多いだろうに。お縁は、岩吉の柔らかな眼差しを思い返し、存外、心根の優しい人なのだ、と思った。

お縁が身を寄せる青泉寺は、幕府に認められた寺ではない。死人《しびと》を弔《とむら》い、荼毘《だび》に付し、埋葬する、つまり葬祭のみを一手に引き受ける「墓寺」だった。いわゆる「檀那《だんな》寺」と違い、寺社奉行からの庇護は受けない代わりに、その顔色を窺う必要もなかった。

下落合の丘陵地に位置する三百坪ほどの境内《けいだい》には、手前に通夜《つや》堂と庫裏《くり》。そして庫裏と渡り廊下で繋がれた一番北側に、本堂が据えられている。西の拓《ひら》けた一角には、白布で仕切られた湯灌場と火屋があり、外からは見えない工夫がされていた。ここで、住職の正真、青年僧の正念、毛坊主の市次、仁平、三太、それにお縁を加えて計六名が死者の弔いにあたるのだ。

亡くなったのが若い娘の場合、丸裸に剝《む》いての湯灌は、遺族には忍びない。せめて同性の手で、という理由からお縁による湯灌を望むものは多く、遠方から亡骸を持ち込む遺族も増えた。評判が評判を呼び、今では、尼そぎ髪を白い麻布で包み、同じく白麻の着物に縄帯、縄襷《だすき》姿のお縁が湯灌場に姿を見せると、新仏の顔も綻ぶ、とまで言われるようになっていた。

「正縁、明朝、新仏の湯灌を頼めるか?」

湧き水の入った手桶を抱えて寺門を潜《くぐ》ったお縁に、正念がそう声をかけて来た。背後に、見覚えのない中年男が控えている。小商人《こあきんど》といった風情の男の顔からは血の気が失せ、立っているのもやっと、といった様子であった。

新仏はもしやこのかたの娘さんではないか、と思いながら、お縁は、承知しました、と正念に頷いてみせた。

「これは……」

通夜堂の一室に安置された遺体と対面して、お縁は考え込んだ。

町方の検分を終えてそのまま運び込まれたのだろう。若い娘の亡骸は、戸板に乗せられたままだった。年の頃、十七、八。お縁と同年に見える。縊死《いし》らしく、首には紐《ひも》の痕《あと》が赤黒い痣《あざ》となって残っていた。無残に飛び出した眼球、だらりと垂れた舌。勤め柄、酷《ひど》い状態の遺体にも馴染んだお縁にとって、ここまではさほど珍しいことではない。

問題は、娘の髪だ。元結《もとゆい》のすぐ上から、すっぱりと切り落とされているではないか。自ら髪を落としたのか、それとも誰かに切られたのか。自死なのか、殺《あや》められたのか。いずれとも知れなかった。

長い合掌の後、お縁は、手元に硯箱《すずりばこ》を引き寄せた。

「誰かいるのか？」

声がして、いきなり襖《ふすま》が開いた。臨時廻りの同心、窪田主水《くぼたもんど》だった。三十路《みそじ》をとうに過ぎているはずが、幼い顔立ちに腹ばかりが出っ張っている。何だ、正縁か、と言って窪田はずかずかと入って来た。吐く息は餡《あん》の香りで甘く、唇に最中《もなか》の皮が付着している。どうやらこの男、別室に供《そな》えてあった菓子を勝手につまみ食いしていたとみえる。お縁の視線が口元に注がれているのを知って、彼は指先で自分の唇をさぐり、最中の皮を摘《つま》むと慌てて口におさめた。そうしてばつが悪そうに二、三度、咳払いをすると、お縁に話しかけた。

「何をしているのだ？」

「はい、湯灌に先立って、気付いたことを書き記しております」

「気付いたことを書き記す？」

むうぅ、と唸って、窪田はわざとらしく腕を組んだ。

「さようなことはこちらの務め。町方の真似事をするとは、あまり感心せんぞ」

内藤新宿から一里ほどの距離にある青泉寺には、身元不明の宿場女郎の亡骸が、奇特な客によって運び込まれることがままある。遺体は火葬され、青泉寺に埋葬される。大方の女郎たちが近隣の投げ込み寺へ葬《ほうむ》られるのに比して、幾分は幸運な末路と言えたが、それでも身元が割れないことに変わりはない。身体の特徴を控えておけば、いつか身内が訪ねてきた時に役立つのではないか。そんな考えから、お縁は、湯灌した日付とともに遺体の特徴や気付いたことなどを記録するように心がけていた。そのことを、正念にも、住職の正真にも咎《とが》められたことはない。

だが今、お縁は一切の言い訳をせずに、窪田に低く頭を下げた。

「申し訳ございません」

「うむ、わかればよいのだ」

窪田はもっともらしく頷いてみせる。

「聞けば、この娘の父親は、男手ひとつでここまで育て上げたとか。誠に気の毒でならぬが、まあ、娘が自分で首を括《くく》ったのだから仕方があるまい。懇《ねんご》ろに弔ってやるがよかろう」

「自分で首を?」

うむ、と頷いて窪田は腰から朱色の房のついた十手を抜くと、新仏の無残な髪を示した。

「髪が自慢の若い娘が、内藤新宿で『髪切り魔』に襲われたのだ。父親の話では、さる大店《おおだな》の若旦那に見初《みそ》められて縁談話が持ち上がっていた矢先だったそうな。世を儚《はかな》んで首のひとつも括りたくなるであろう」

髪切り魔に、と小さく復唱して、お縁は眉根を寄せた。そう言えば、毛坊主の市次から、女の髷《まげ》をばっさり切り落とす魔物の話を聞いた覚えがあった。

「何でも、夜道を歩いていて、何かの気配を感じたかと思った途端、ふいに髷がばさりと頭から落ちたそうなのだ。相手が魔物では、この窪田主水も出番が、うわわっ、何だ⁉」

　お縁の後ろの腰高障子が開き、不意を突かれた窪田が派手に飛び上がった。お縁が振り返ると、岩吉がそこから顔だけをぬっと差し込んでいた。岩吉は、窪田とお縁には目もくれず、横たえられた亡骸を注視すると、無言のまま首を引っ込めて、元通り障子を閉じた。

「今のは『一枚岩』ではないか。何という無礼な」

うろたえた姿をお縁に見られた気恥ずかしさもあってか、窪田は頭から湯気を立てんばかりに怒っている。

「治安を預かる同心に挨拶もせぬとは、まったくもって怪《け》しからぬ」

「お許しくださいませ」

　お縁の口から思わず言葉が突いて出た。

「座棺の寸法を急ぎ決めねばならないために、ご挨拶する余裕がなかったのでございましょう」

「何？　座棺だと？」

　庶民の亡骸のほとんどは、丸い早桶に納められる。青泉寺でも、定期的に納められる早桶で充分に用は足りるのだが、たまに、値の張る四角い座棺を望む者もいる。その場合は、最も腕のいい龕師である岩吉が呼ばれ、納棺に間に合うように作るのだ。お縁は、父親が正念に座棺を頼むのを耳にしていたのだった。

「なるほど、娘を不憫《ふびん》に思えばこそだな」

少し機嫌の戻った窪田だが、閉じられた障子を見やって、それにしても薄気味の悪い、まるで化け物のような見てくれだわい、と忌々《いまいま》しそうに呟いた。

いつ、誰が、どのような経緯でそのような取り決めをしたのか明確でないのだが、湯灌には厳格な約束事があった。まず、家持ちでない者の自宅での湯灌は許されない。そのため、寺院の一角に設けられた湯灌場にて、僧侶立会いのうえで行なわれるのを常とした。湯灌にあたる者は縄帯に縄襷を身に付ける旨《むね》、定められており、また、用いる水の汲み方、捨て方に至るまで細かな取り決めがあった。

「お縁坊、準備が整ったよ」

襖越しに市次が呼んだ。

十六の時に師の正真より「正縁」という名を授かって一年、お縁のことを「お縁坊」と呼ぶのは市次だけになった。ふっと頬を緩め、お縁は「はい、すぐに」と短く答えた。肩までの髪を後ろでひとつにまとめ、頭全体を麻布で包む。最後に縄の襷をきゅっと結ぶと、お縁は灰の入った瓶《かめ》を手にして部屋を出た。

湯灌場には筵《むしろ》が敷かれ、全裸の娘の亡骸が横たえられていた。

市次たち毛坊主三人が大釜に湯を沸かし、その蒸気がもうもうと周囲に立ち込める。青泉寺住職、正真の読経《どきょう》がしめやかに流れる中、正念とお縁とが、逆さ水で満たされた盥《たらい》に、娘の亡骸をそっと移した。少し離れて、父親と店子《たなこ》仲間数人がその様子を見守る。父親は仲間に支えられて、辛《かろ》うじて立っていた。

死後硬直の最も強い時らしく、新仏の両足は棒の如く伸び、口から飛び出した舌は戻る気配もなかった。体の方はお縁が、肩から上は正念が、それぞれ優しく丁寧《ていねい》に洗っていく。

「酒粕《さけかす》を」

正念に言われ、毛坊主の仁平が手桶に酒粕を入れ、それを湯で溶いたものを用意して彼に渡す。正念はそれを新仏の顔にかけ、宥《なだ》めるように顎《あご》を揉み解《ほぐ》した。酒粕でゆっくりと顎の硬直を取り、無事に、はみ出た舌を口腔内におさめることが出来た。だが、正念が幾度も閉じさせようと試みた新仏の瞼《まぶた》は、結局また持ち上がり、充血した眼で空を見据えている。見守る者の間からすすり泣きが洩れた。

「正縁、髪を頼めるか？」

はい、と頷いて、お縁は手元に置いていた瓶の中身を手桶に空けた。火鉢の灰を掻き集めたものだ。これを手早く水で溶いて灰汁《あく》を作ると、正念と入れ替わって新仏の頭側に回った。

匂いからすると、胡麻油と松脂《まつやに》を混ぜたもので髪をまとめていたのだろう。幾度も櫛《くし》で梳《けず》った艶《つや》のある髪だった。だからこそ、すっぱりと切られた姿が一層無残だ。辛うじて残されている元結を外し、髪全体に灰汁を回しかけて丁寧に揩《す》り込む。湯の中でそっと髪を漱《すす》いでいくと、頑丈に固まっていた毛髪がそろりと解けて、ゆらゆらとそよぎ始めた。

「辛《つろ》うはござろうが、娘御の旅立ちの仕度をして差し上げなされ」

正真が読経を止め、再び筵に横たえられた新仏を示して、父親にそう声をかける。父親は、お縁の手を借りて、泣きながら帷子《かたびら》を娘に着せていく。着付けを終え、娘の手を合掌の形に整えると、お縁は懐《ふところ》から柘植《つげ》の櫛を取り出して、その髪を優しく梳る。惨《むご》く断ち切られていた髪も、後方に撫で付けられ、美しく整えられた。前《まえ》もって預かっていた娘愛用の紅を、そっと唇に乗せる。生前、娘がそうしていたように、丁寧に優しく薬指で紅をのばした。そうして最後にお縁は、両の親指を娘の瞼にあてがい、慈《いつく》しむように撫でながら押し下げた。自らの額を、娘の額に寄せ、小さく「南無《なむ》阿弥陀仏《あみだぶつ》」と繰り返し唱えて、しばらくその姿勢を保つ。やがて、瞼が再び開かぬことを確認すると、お縁は新仏に深く一礼し、後ろに退いた。

「ああ」

父親の口から、安堵の息が洩れる。娘の亡骸は目を閉じ、安心しきって眠る赤子のようでさえあった。ありがたいことだ、という声が洩れ聞こえていた。

仁平と三太が、湯灌場の隅に控えていた岩吉から座棺を受け取って、新仏の傍に据える。材に桂《かつら》の木を使ったらしく、真新しい木の芳香が悲しみの場をそっと包んだ。

父親たちに付き添われて、火屋に運ばれていく棺を、お縁は湯灌場から見送った。火屋で亡骸が茶毘に付されるのを見守ることが、お縁には、まだ出来なかった。

「いつも、あんなふうなのか」

聞きなれぬ声に、お縁ははっと振り向いた。岩吉が、躊躇《ためら》いがちにお縁の傍《かたわ》らまで歩み寄り、再度、口を開く。

「あんなふうに、湯灌するのか？」

彼が湯灌に立ち会うことは滅多になく、お縁の湯灌の様子を見るのも今朝が初めてだったのだろう。ええ、と頷きながら、もしかしたらこの人の声をこれほど身近に聞くのは初めてかも知れない、と思った。低いがよく通る声だ。

お縁と並んで葬列を見送りながら、岩吉はぼそりと問うた。

「死人《しびと》が恐かねぇのか？」

同じく葬列から瞳を逸《そ》らさずに、お縁が答えた。

「恐くはありません。ただ、火屋は苦手です」

青泉寺で、お縁の父、矢萩源九郎が荼毘に付されたのは、彼女が九つの時だった。

正真の読経が流れる中、早桶が焼け落ちると、炎の奥に父の姿が見えた。橙《だいだい》色の炎が縄を舐《な》め、解き放たれた源九郎の身体がゆっくりと踊り出す。両腕が伸び、腰が伸び、足が伸びる。炎の中で踊りながら焼かれるその姿を、お縁は今もって忘れることが出来ないのだ。

「誰だって苦手だろうよ。ことに家族にとっちゃあ、あれほど惨い光景はない。目の前で地獄絵を見せられるようなもんさね」

「ええ。けれど、火で焼き尽くされることで、未練の断ちどころが得られるようにも思います」

おや、という表情で、岩吉はお縁に向き直った。年寄り臭い口を利《き》く娘だ、とでも思ったふうだった。

「桂のお棺、きっと新仏さまは喜んでいらっしゃるでしょうね」

お縁もまた、顔を上げて岩吉の目を見た。哀しげな、けれど柔らかい瞳。そこに、白い布を背景にしたお縁の姿が映り込んでいる。

「だといいが」

岩吉が、うろたえたように視線を外した。

「桂を使ったのは、俺も初めてだったんだ」

火屋から、正真の読経がしめやかに流れて来た。座棺を乗せた松の薪《たきぎ》に、無事着火したらしい。桂は別名を「香の木」ともいい、材はもとより落ち葉に至るまで芳香を放つ。桂の棺は、芳《かんば》しい香りを放ちながら娘の魂を浄土に送ることだろう。

お縁と岩吉は、どちらからともなく、火屋に向かって静かに合掌した。春の日差しが地面に大小、並んだ二つの影を作っていた。

二

弥生《やよい》、三月。

女人の髪が切り落とされる事件は、江戸市中のみならず、京、大坂でも相次いだ。標的にされたのは、若い娘に限らず、また身分を問わなかった。髪を切られた娘の中には、先の例のごとく、自ら命を絶つ者もある。

「さすがにこうまで騒ぎが広がると、魔物の仕業だから、と放置しておくわけにも行くまい。難儀なことだ。これから花見の季節というに」

この界隈《かいわい》へ聞き込みに来たついでに、青泉寺の庫裏でひと息いれていた窪田が、溜め息混じりに言う。

「おまけに、この騒ぎのために兵庫髷を結う女がめっきり減ってしまった。それが残念で残念で。お、この最中はなかなかに美味《うま》いな。塩味の効いた餡がまた何とも」

美味い、美味いと、窪田は立て続けに最中を食べた。桜花堂の桜最中である。仁平が、空になった皿に、それを足してやりながら問うた。

「窪田さま、兵庫髷とは、一体どんなもので？」

「何？　お前たちは知らぬのか？　ほれ、髷をこう、これくらいの高い位置で結ぶ、あれだ」

頭頂部に両手で髷を作ってみせる窪田だが、毛坊主三人もお縁も、揃って首を傾げる。

「わからぬのか？　ううむ、この辺りではそうだな、内藤新宿は油屋久兵衛《きゆうべえ》の娘お紋《もん》。ほれあの、新宿小町のお紋、あの髪形がそうだ」

ああ、と四人が一斉に声を漏らした。油屋のお紋といえば、遠目からも、また後ろ姿だけでもそれとわかる立輪に結った髷に特徴のある美しい娘だった。兵庫髷の中でも、お紋のそれは、髱差《たぼざ》し、と呼ばれる小道具を用い、他人の手を借りねば結い上げられぬ複雑なもので、暮らし向きの豊かさが感じられる。

なるほど、あの髪はいかにも切り落としやすいだろう、と、お縁は、お紋の少し険のある眼差しと共に、飴《あめ》細工のように美しく整えられた黒髪を思い出していた。

「年頃の娘たちの間では、切られやすい髷を結う代わりに、『灯籠鬢《とうろうびん》』とか申す、両側の鬢を思いきり膨らませた髪が再び流行《はや》り始めておるのだが、あれは誠に詰まらぬ。あ、済まんが、最中をもう少々、所望してもよいか？」

口の中を餡で一杯にしながら窪田が言い、いちいち足すのが面倒になった仁平が、菓子鉢ごと彼の前に置いた。窪田の目尻が下がる。

「あの」

おずおずとお縁が口を開いた。

「髪切り魔とは、一体、どのような魔物なのでございますか？」

「うむ、未《いま》だにはっきりと正体を見た者はおらぬのだが、出没先やら手口やらから察するに」

窪田は、四人の顔を順に見回して、したり顔で答える。

「全身は真っ黒、足はなく宙に浮いており、髷を切りやすいように両の手が鋏《はさみ》になっておるのであろう」

「手が鋏ですかい、そいつは何とも」

鳥肌が立ったのか、三太が自分の両の上腕をこすりながら言った。

「そんな化け物にうろうろされてちゃ、物騒でなんねえ」

「何だ何だ、震えておるのか？」

両方の袂《たもと》に桜最中を忍ばせながら、窪田が三太をからかう。

「安心いたせ。髪切り魔が野郎を狙ったためしはない。相手はいつも女人《にょにん》ばかりだ。それゆえ、ここで狙われるとすれば、正縁だろう」

その言葉にお縁がさっと青ざめる。そんな彼女に、市次が強い口調で言った。

「髪切り魔が何だってんだ。お縁坊にゃあ俺たちがついてる。いいか、何も心配することねえんだぜ、お縁坊」

そんなやりとりがあった夜、お縁は布団に入っても、窪田の言う、全身真っ黒で足のない、手が鋏の魔物のことを思って、なかなか眠りにつけなかった。襲われて、髪の代わりに首でも切りつけられたら、と思うと襟足の辺りがぞくぞくとするのだった。

その日は、朝から生憎《あいにく》の雨となった。

お縁は正念と共に、某藩主の下屋敷に向かっていた。菩提寺《ぼだいじ》を通じて、お縁に屋敷内での湯灌を頼みたい、という申し出があったのだ。雨に足を取られながらも、諏訪《すわ》村を抜け、西大久保村を過ぎる。細い畦道《あぜみち》は徐々に広くなり、やがて青梅《おうめ》道に交わった。あと一息で内藤新宿の上町《かみまち》に出る。正念はわずかに滲んだ額の汗を、手の甲で押さえた。西の空に、十二社《じゅうにそう》権現の山桜が滲んで見える。

「花散らしの雨だな」

振り返って、正念が言った。だが、その言葉も耳に入らないのか、お縁はただ、思い詰めた表情で自分の足元に視線を落とすばかりだった。そんなお縁の様子に、正念が足を止め、柔らかに微笑《ほほえ》む。

「正縁、それほどまでに案ずる必要はない」

「けれど、正念さま」

上げた顔が、半ば泣きそうになっていた。

「本当に私などでよろしいのでしょうか？　もし何かご無礼でもあったら……」

下屋敷と言えども、老中まで勤めた大名家へ湯灌に出向くなど、お縁には生まれて初めてのことだった。

「身分を問うのは生きている人間だけで、仏になれば誰しも同じ。日頃、正真さまはそう仰《おっしゃ》っておられるではないか」

正念の言葉に、お縁は小さく息を吐いた。

「さようでございました」

顔を上げて微笑み返す余裕の出来たお縁は、しかし、ふと、視線を正念の背後に留めた。旅籠《はたご》の連なる一角、馬が行き交うその先に、見覚えのある背中が見え隠れしたように思ったのである。

「どうした？　正縁」

「岩吉さんの姿が、今、あそこに見えたような……」

「ああ、それならいても不思議はない。岩吉の作る座棺は評判がよく、あちこちから声が掛かるのだ。この辺りだと、天龍《てんりゅう》寺に太宗《たいそう》寺、それに長善《ちょうぜん》寺にも出入りがある、と本人から聞いている。年が近いせいか、岩吉は私とは割りに話すのだよ」

さ、急ごうか、と正念は言い、歩き始めた。

正念は、齢《よわい》三十二。ならば岩吉もそれくらいなのか、とお縁はぼんやりと思いながら、正念の後を追った。

　下屋敷に到着したのは、丁度、天龍寺の鐘が朝四つ（午前十時頃）を報《しら》せる時だった。取次ぎを門外で待つ二人の前を、手代風の男に傘を差し掛けられた若い女が通る。擦《す》れ違いざま、ひょいと傘が傾げられ、女の顔が見えた。整った目鼻立ちに、高く結った兵庫髷。新宿小町と異名を取る、油屋のお紋だった。

　お紋は顎をしゃくるように顔を背《そむ》けたが、刹那《せつな》、その瞳がお縁を蔑《さげす》む色を見せた。

「縁起でもない。屍《かばね》洗いがこんな町なかまで下りて来て」

　小さいがはっきりとお縁の耳に届く声で言って、お紋は通り過ぎて行った。侮蔑《ぶべつ》の言葉は、一瞬、心の臓を凍らせた後、熱い火柱となって、喉元から頭に突き抜けて行く。両耳が熱を帯び、その熱さに耐えるため、お縁は唇を固く結んだ。

「正縁」

　気にするな、というふうに、正念は首をそっと横に振った。墓寺の一員として、いわれのない差別ならば数え切れないほどに受けて来た正念だった。お縁は唇を真一文字に結んで、身体が震え出すのを辛うじて堪《こら》えた。

三

新仏は、藩主の正室ふみの乳母《うば》であった。国許から半月をかけて、ふみの元を訪れ、再会を喜び合ったのが二日前。長旅の疲れが出たのか、翌日は臥《ふ》せっていたのだが、夜になって布団の中で冷たくなっているのが見つかった、とのこと。お縁の評判を漏れ聞いていたふみが、どうしても乳母にその湯灌を受けさせたい、と強く望んだのだった。

菩提寺からすでに僧侶らが入り、中庭に湯灌の準備は万端整えられていた。幸いにも雨は止んで、薄日が差し始めていた。乳母の亡骸は、庭に面した寝所に安置されている。お縁は、新仏に深く一礼し、そっと面布を取った。

はっと、お縁は息を呑み込んだ。枕を外した老女の頭に、あるはずの髷がない。代わりに、顔の横に白髪の毛の束が、簪《かんざし》と共に置かれていた。咄嗟《とっさ》に、髪切り魔のことが脳裏に浮かんだ。うろたえて正念を見ると、彼は少し目を見開いただけで、すぐにお縁を見返してわずかに頷いた。お縁は細く息を吐いて気持ちを落ち着け、いつも通り正念と呼吸を合わせると、亡骸を抱き上げた。それを機に、僧侶たちの読経が流れ始めた。

　髷を欠いている他は、老女の身体に異変はなかった。眠っている間に心の臓が麻痺《まひ》したのだろう、格別の苦悶《くもん》の痕《あと》も見られない。お縁は、伽羅《きやら》油の芳しい香りのする老女の髪に灰汁《あく》を回しかけて、丁寧に洗い始めた。その指が髪を潜って新仏の地肌に触れた時、お縁は妙な違和感を覚えた。髷を結っていた辺りの地肌が、すべすべと滑らかなのだ。先達《せんだつ》て髪切り魔の被害にあった娘の頭頂部は、無残に断ち切られた髪が残っていたのだが、この新仏の頭はまるで毛抜きで一本残らず引き抜いた如く、無毛になっている。これはどうしたことか、と、ともすれば雑念が湧いてくるのを、読経に耳を傾けることで堪えるお縁だった。

　洗い髪を丁寧に拭って垂れ髪にし、脇に置かれていた毛束を足して背中の辺りでひと結びする。帷子を着せられた新仏は、加齢と疲労とで頬が落ち窪《くぼ》んで見えた。国許を遠く離れ旅先で亡くなった、という事実が、お縁の新仏への気持ちを深めた。最期の顔がふみの記憶に残るのなら、故人も出来うる限り安らかな死に顔でありたい、と願うだろう。体液漏れを防ぐために使った青梅綿の残りを、お縁は手早く解《ほぐ》した。指を老女の口腔内に滑り込ませ、頬の内側に少しずつその綿を詰めていく。

「紅《べに》を……紅を拝借出来ますでしょうか？」

お縁の言葉に、ふみは、すぐさま自分の紅を用意させた。漆《うるし》塗りの紅猪口《ちょこ》の底に、玉虫色に光る色素が固まっている。扱ったことのない上質の紅に戸惑いながら、お縁はそれを少し削《けず》り、手の甲に載せた。水をつけた薬指で、すっと伸ばしてみる。緑がかった紅は、水と出会うことで美しい紅色を放った。老女の唇にそれを移し、自然な色合いになるよう慎重に塗る。さらに、閉じた瞼の中央に紅を置いて、目尻に向けて優しくぼかした。すると、それまで土色だった顔に血の気が差し、ふっくらとした頬の品のよい老女が、ただ無心に眠っているように見えた。おお、と吐息とも感嘆ともつかぬ声が、周囲から洩れる。

菩提寺の僧侶たちが差し担いで座棺を運んで来た。檜《ひのき》の座棺は老女の亡骸に合わせて少し小さめで、丁寧に鉋《かんな》が当てられている。岩吉の手によるものだ、とお縁は察した。

「ほんにようしてくれたこと」

すべてを終えて平伏している正念とお縁に、ふみが座敷から中庭に降り立って声をかけた。

「乳母は我が生母も同じ。最期にいい孝養が尽くせました。この通り、感謝します」

腰を落とし、頭を下げてみせるふみに、正念もお縁も恐縮するばかりである。そんな二人に、ふみは声を落としてこう告げた。

「そなたたちも驚いたであろう、あの髪」

ふみが言うのには、一昨夜、乳母が何気なく髷を直そうとした途端、髷がぐらりと倒れた、とのこと。結い上げるために伽羅油で固められ、落ちるに落ちられない状態の髷を、ふみがそっと取り除いたのだという。

「断じて、何者かに切り落とされた訳ではない。見ての通り、根元から抜け落ちておるのじゃ。きつく髪を結い上げることを続けていれば髪がまとまって抜けることはあるが、それにしても、あれほどとは……不思議でならぬ。医者は、髪が抜けたことと乳母の死とは関係がない、と申しておったが、果たして誠にそうなのか。これが世間で言う、髪切り魔の仕業なのかのう」

最後は独り言に近かった。

あとを菩提寺の僧侶たちに委《ゆだ》ね、暇《いとま》を告げて二人が門外に出たところ、従者が駆けて来て、お縁だけが呼び戻された。

「こちらで待たれよ」

案内された部屋で、お縁は心細く長い時を過ごした。廊下に人の気配がするたびに身を固くしたが、襖を開ける者はいなかった。もしや、忘れ去られているのではないか、と思い始めた時、ようやく、ふみが部屋に入って来た。

「待たせて済まぬこと」

人払いをした部屋で、ふみは、お縁の前に、袱紗《ふくさ》に載せたものをついっと差し出した。見事な蒔絵《まきえ》の櫛であった。

「ほんにようしてくれました。これをそなたに」

「お畏《おそ》れながら、奥方さまに申し上げます」

お縁は身を縮め、畳に額を擦り付ける。

「身に過ぎるものを頂戴することは出来ないのでございます」

「そなたなら、きっとそう申すと思っていました」

声を出さずに笑ってみせて、ふみは、ではこれはこのまま青泉寺に寄進いたしましょう、と袱紗ごと櫛を引き寄せた。

「ありがとうございます」

ほっと安堵してお縁が顔を上げた時、ふみが言った。

「そなた、出自は武家であろう」

瞳を大きく見開いたまま、お縁は息を飲む。お縁が怯《おび》えているのを感じ取ったのか、ふみは、そっと首を横に振った。

「それゆえにどうしようというものではない。また、湯灌場で働くことになった経緯を問うものでもない。ただ、立ち居振る舞いに滲《にじ》む出自というものは隠せぬもの、と思うたまでのこと」

返答をしかねて、お縁は口をつぐむ。お縁の父、矢萩源九郎は、侍とは名ばかりの下級武士。それも、不義密通のうえ逃げた妻とその相手とを討つために出奔《しゅっぽん》した挙《あ》句《く》、妻敵《めがたき》討ちを果たすどころか、二人を見つけることも叶わぬうちに下落合の地で頓死《とんし》したのである。他人からすれば無様《ぶざま》な生き方だろうが、お縁にはこの世でただ一人の生きる縁《よすが》だった父だ。

だがもし、今、その父がこの世にあって、お縁の姿を見たならば、何と言っただろうか。

――縁起でもない。屍洗いがこんな町なかまで下りて来て

お紋に投げつけられた言葉が、ちりちりとお縁の胸を焼いた。

項垂《うなだ》れるお縁に、ふみはそっとにじり寄り、膝の上で握り締められていた小さな拳《こぶし》を、その柔らかな両の掌で包み込んだ。すんでのことで声を上げそうになるのを、お縁は堪えた。お縁の小さな手をじっと見つめていたふみが、それを静かに額に押し頂く。お縁は、何が起こっているのかわからず、ただもう必死に息を詰めていた。

「ありがたいこと。この手で清められて、乳母も心穏やかにお浄土に旅立てたことでしょう。ほんに得がたい手よ」

ふみの低く囁《ささや》く声が、お縁の耳に届く。それはお縁の心を強く揺さ振り、胸の内に黴《かび》のように繁殖し始めていた暗い感情を、一瞬で焼き尽くす強い輝きを放つ炎となった。ふいに視野が霞《かす》み、お縁の双眸《そうぼう》から堰《せき》を切ったように熱いものが流れ落ちる。お縁は歯を食いしばり、嗚咽《おえつ》を押し殺した。


「本当に送らなくて大丈夫なのか？」

従者がお縁に提灯《ちょうちん》を渡しながら、心配そうに聞いた。門外で夕暮れ近くまでお縁を待っていた正念も、青泉寺から使いが来て、やむなく先に戻ったとのことだった。

「大丈夫です、慣れた道ですから」

「しかし、お前」

従者が、屋敷の方を気にしながら声を潜《ひそ》める。

「髪切り魔にでも襲われたら大変だ」

送っていくから、という重ねての申し出を丁寧に断わり、お縁は提灯を手にすると葬家を後にした。寺から使いが来た、ということは、新仏が運び込まれて今夜、青泉寺で通夜を行なうのだ。少しでも早く戻らねば。知らず知らず、お縁は小走りになっていた。

しばらく止んでいた雨が、また降り始めて、しょぼしょぼと傘を濡らす。客引きで賑わう上町を過ぎ、青梅道を逸《そ》れて、周囲はいよいよ漆黒《しっこく》の闇となった。大麦畑を縫うように伸びる細い畦道を、わずかな提灯の灯《あか》りを頼りに、お縁は急ぐ。

ようやく、神田上水の流れを聞いた。いつもと川音が違う。但馬《たじま》橋の袂に立って、提灯を川面《かわも》にかざすと、水量を増した川のうねりが見えた。お縁は、慎重に土橋の中央を歩いた。そう長くはない橋を無事に渡りきって、つい、気が緩み、背後を振り返った時に足元が疎《おろそ》かになった。

「あっ」

何かに蹴躓《けつまず》いて、お縁は派手に転倒した。傘は背後に飛び、提灯は前に落ちて一時ぱっと明るく燃え上がり、じきに消えた。闇の中で、したたかに打ち付けた向こう脛《ずね》を撫でさすり、そろそろと立ち上がってみる。途端、右足首に激痛が走り、短い悲鳴を上げて、お縁はその場に座り込んだ。転んだ拍子にひどく捻《ね》じらせたのだろう。

これでは身動きが取れない。誰かが通りかかればよいのだが、周囲には一切、人の気配はなかった。お縁は、息を吐き、大きく肩を落とした。闇の帳《とばり》がお縁を包み込む。ふと、その中に何かがぼうっと光ったように感じて、目を凝《こ》らした。針で突ついたほどの淡い黄色の光が幾つも見える。

何の光だろう？　じっと見つめていると、光が徐々に増えているのがわかった。固唾《かたず》を飲んで見守る間に、川辺は小さな無数の光で埋め尽くされる。丁度、月のない夜に天の川を間近で見るような、そんな錯覚に陥りそうになる。

何という美しさだろう。

お縁は見惚《みと》れ、やがてそのあまりの美しさに、怖ろしくなった。襟足のあたりが、ぞくぞくとする。脳裏に、窪田の話していた「髪切り魔」の像が蘇る。今にあの光が立ち上がって、鋏になった手で、切る髪を求めて襲ってくるのではないか。お縁の不安が呼び寄せたのか、黄色い無数の光は、じりじりと地を這って迫る。恐怖のあまり、お縁は両眼をぎゅっと閉じ、きつく合掌した。自然、南無阿弥陀仏《なむあみだぶつ》、南無阿弥陀仏、と祈りの声が洩れる。

「誰だ？　念仏を唱えるのは」

頭上から、聞き覚えのある声が降って来て、お縁ははっと双眸を見開いた。黄色い光の海が、大きな岩に似た姿を浮かび上がらせている。お縁は夢中で叫んだ。

「岩吉さん、私です、正縁です」

「正縁さんだって？」

岩吉は、慌ててお縁の脇に片膝をついた。

「一体どうしたんだ？　こんなところで」

「転んで、足を挫《くじ》いてしまって。動けないんです」

「そいつはいけない。さ、背中に乗んな」

「済みません、助かります」

小柄なお縁を軽々と背負い、岩吉は立ち上がった。

「もう少し先へ行ってから提灯に火を入れるから、それまでちょいと辛抱してくんな」

「岩吉さん、あの黄色い光は一体……」

「ああ、あれかい？」

落ちていたお縁の傘をひょいと拾い上げながら、岩吉は事もなげに答える。

「あれは、螢だ」

「螢？」

言ったきり、お縁は絶句する。

——螢というのは、夏になれば美しく点滅しながら飛び交う、あの「螢」のことだろうか？　怪しく地を這うこの光のどこが、あの「螢」だというのだろう？

お縁の戸惑いを察したのか、岩吉は少し笑いを含んだ声で言った。

「飛ばない螢を見るのは初めてかい？　こいつらは、螢になる手前なんだよ。桜が散ったあとの雨の夜に、こうして一斉に陸に上がってくるんだ」

「陸に？　何のために？」

「土を掘って、ねぐらを作るんだよ。その中で蛹《さなぎ》になって夏を待つ。夏が来てねぐらを飛び立つ時、あんたの知ってる、あの姿になるのさ」

こいつらを驚かせないように、今時分、水辺を歩く時は、提灯の火を消しているんだ、と岩吉はぼそりと言い足した。彼は川べりを離れてしまうまで足音を立てぬように、そろそろと歩いた。岩吉の背中で、お縁は後ろを振り返り、振り返りして、黄色の光の海を見守った。光は少しずつ遠のき、やがて見えなくなった。

火の入った提灯が、折れ曲がった急な坂道を急ぐ。岩吉の背中で揺られるうちに、安心しきったお縁は、いつしかうとうとと眠気に襲われた。眠ってはいけない、眠ってはいけない、と思いながら、時折、頭ががくんと横に揺れる。

「構わないから、眠っちまいな」

岩吉の声が、遠くに聞こえる。

「俺のことを化け物扱いしねえ女は、正縁さん、あんたくらいのもんさね。他の女は、あの女は、俺のことなんざ……」

あの女、とは誰だろう？　そう思いながらもお縁は、眠りに落ちて行った。

四

「折れてはおらんが、大分と腫《は》れが酷《ひど》い」

翌朝、三太が引っ張って来た医者は、お縁の足を丁寧に診《み》て、言った。

「三日は安静にしていなさい。腫れを取るには、大根をおろしたのを和紙で患部に貼るのが一番なのだが。要はとにかく冷やすことだ」

それを聞いて、市次と仁平が競って庫裏を飛び出す。裏の畑で時期をずらして種まきした大根が、上手《うま》い具合に育っていた。

「そんなに休むわけには」

今日も湯灌の予定が詰まっているのだ。今も、お縁が抜けた分、正念がその準備に追われている。

「無理をして悪くするのが一番いけない。軽くすんだ怪我を自分で重くするような真似はよしなさい」

きつく言って、医者は帰り支度を始めた。お縁は、そうだ、あのことを聞かねば、と口を開いた。

「先生、髪が突然抜け落ちる病いというのはあるのでしょうか？」

「髪が抜ける病い？」

中年の医者は自分の頭を撫で、そのような病いがあれば怖ろしいことよ、と大らかに笑った後、ふいに真顔になった。

「そういえば、わしの患者で、ある日突然、髪の一部がごっそり抜けた者がおったわい」

「髪の、一部ですか？」

うむ、と彼は頷き、親指と人差し指で輪を作ってみせた。

「これくらいほど抜けて、地肌が見えておった」

「切り落としたわけではなく？」

「根元から自然に抜けていたのだ。まだ乳飲み子を抱えた母親でな、亭主に死に別れたばかりだった。不思議なことに、しばらくしたら自然に生えて、元通りになったのだがのぅ。あれを病いと言うかどうか」

医者は首を振り振り、言葉を続けた。

「それがなぜなのか、どういう仕組みなのか、今もってわしにもわからん。ただ、悩みが過ぎたり、無理が重なることで、そうなってしまったのではないか、と」

「無理が重なって……」

「うむ。それ以外には考えがたい」

医師が帰った後、布団の中で、お縁は考え込んでいた。乳飲み子を抱える身で夫に先立たれたとしたら、どれほど心労が激しかったことだろう。もし仮に、そうした心労が髪を抜けさせるとしたら。

――断じて、何者かに切り落とされた訳ではない

――これが世間で言う、髪切り魔の仕業なのかのう

ふみの声が蘇る。

もしや、とお縁は半身を起こした。新仏について詳細を聞いたわけではないが、白髪の老女にとっての半月にも及ぶ長旅は、精神的にも肉体的にも過酷なものではなかったのか。そう、髪は切られたものではなく、根元から抜け落ちたのだ。ならば、少なくとも、このたびの一件は、髪切り魔とは関係なく、心労が招いたことと考えるのが自然ではないだろうか。お縁は畳を這って、硯箱を開いた。筆を取って巻紙に向か

う。昨日の日付を入れ、老女の身体の特徴を書き留めていく。

〈髷なかほどの部分、円形に脱毛せり。高齢の女人の長旅、負担甚大なり。これにより髪の抜け落ちしものと推察するなり〉

そうまとめた後、お縁は逡巡し、結局、どこの誰の記録かは書かずに、ただ「依頼人、徳多き女人なり。湯灌に関わる者への労《ねぎら》い、大いにあり。ありがたきことなり」と付け加えた。両の手の甲に、あの時のふみの額の温もりが蘇るようだった。

三日目の早朝、お縁は、そろそろと立ち上がって、土間で足踏みをしてみた。大根の湿布《しっぷ》が効いたらしく、右足首の腫れはきれいに引いて痛みも強くはなかった。これなら大丈夫、今日は湯灌場に立てる。お縁は、市次たちに気付かれぬようにそっと庫裏を出た。瑞々《みずみず》しい朝の空気が境内を隅々まで清めている。大きく伸びをしかけたお縁の目に、町人姿の男が通夜堂に入っていくのが映った。

通夜堂は本来は僧侶が夜を徹して修行をするための場所だが、ここ青泉寺では、亡骸を預かる他、夜伽《よとぎ》のために用いるお堂でもあった。また、時には宿のない旅人の寝屋となる。だから男を見た時も、お縁は格段、不審に思わなかった。男に遅れて、お縁も通夜堂に入っていった。入り口手前の、亡骸を安置している部屋の襖が少し開いている。覗くともなしにお縁が中を見ると、寝かされているのは遊女らしき女だった。先の男がその枕元に座っている。ああ、新仏に縁のあるかたなのだ、と思ったお縁だが、男が手にしていたものに目を留めて、ぎょっとした。大型の平打剃刀《かみそり》だったのである。

「何をするのです！」

思うよりも先に身体が動いて、お縁は襖を開け、剃刀を持つ男の手に縋《すが》り付いた。馴染みの遊女に先立たれた客が後を追って自死するつもりなのだ、と咄嗟に判断したがゆえであった。驚いた男は、お縁を振り払おうと躍起になる。

「おい、そっちこそ何しやがる。放さねぇか」

「後追いはしないと言うなら放します。そうでなければ、放すものですか」

「何？　後追いだぁ？」

男の身体から力が失せ、ぽかんとお縁を見下ろしたかと思うと、今度は腹を抱えて笑い出した。

「こいつぁいいや。後追いとはまた、笑わせやがる」

しまいには涙まで浮かべて笑い転げる男に、今度はお縁の方がきょとんとする。男は、内藤新宿の女郎宿に、今は亡骸となっているこの女人を仲介した女衒《ぜげん》だという。

青泉寺に供養を委ねた馴染み客ではないのだ。

「だったら、どういうつもりで剃刀なんて」

非難めいたお縁の眼差しを、へらへらと見返して男は答えた。

「こいつの雇い主から頼まれたんだよ。髪を持ち帰ってくれとな」

「形見に、ということですか？」

「違う違う。売るんだよ、かもじ屋に」

売る？　お縁の眼が零《こぼ》れそうなほどに見開かれた。

「前借も返し終わらねぇうちに、おっ死《ち》んじまいやがったからな。せめてちったぁ元を取らせてもらおう、って腹だろ。見なよ、この髪。布海苔《ふのり》と饂飩粉《うどんこ》を湯で溶いたやつで洗うとかで、銭をかけただけあって、つやつやと見事な髪じゃねぇか」

ふつふつと、お縁の胸のうちに怒りが込み上げて来た。お縁は隙《すき》を突いて男の手から剃刀を奪い、それを後ろ手に隠した。

「おいおい、何をそんなにむきになってやがる。どのみち、お前らの手で剃《そ》り落としちまうんだろう？」

「女人は剃髪《ていはつ》しません。剃刀を当てるだけです」

「へええ、そうかい、そりゃ初耳だなあ」

へらへら笑っていた男が、お縁に飛びかかった。剃刀を奪おうと、お縁の腕を捩《ね》じ上げる。

「誰か！」

お縁が叫び声を上げたその時、腰高障子が乱暴に叩き破られた。

「何をしている」

肩まで差し入れながら、岩吉が般若《はんにゃ》の形相《ぎょうそう》で男を睨《にら》みつけた。

「ひっ」

化け物、と叫んで男は腰を抜かし、そのまま這うように通夜堂から逃げ出した。岩吉がずんずんと地響きを立てて男を追う。お縁は慌てて、剃刀を置いて外へ飛び出した。

「もういいの、いいんです、岩吉さん」

お縁が小走りで追って来るのを見て、岩吉は足を止めた。

「何か悪さをされたんじゃねえのか」

問われてお縁は首を横に振ってみせた。

「違うんです、新仏さまの髪を切ろうとしていたので、止めようとしたら、逆に腕を捩じ上げられてしまって」

そうだったのかい、と岩吉は言い、お縁の右足に視線を止めた。

「走ったりして大丈夫なのか？」

「はい、もうこの通り」

その場で少し足踏みをしてみせてから、お縁は岩吉に深く頭を下げた。

「今のことも、それにあの時も、本当にありがとうございました」

「よせやい、そんな」

岩吉は大きな体を縮め、そそくさとその場を立ち去りかけた。だが、ふいに足を止め、お縁の傍まで戻って腰を屈めた。

「正縁さん、恩に着せる訳じゃないが、ひとつ、頼みがある。聞いてもらえまいか」

お縁は、岩吉の目をしっかりと見つめて答える。

「はい、私に出来ることでしたら何でも」

「あんたなら出来る。いや、あんたしか出来ないことだ。俺には身寄りがない。もしもの時は無縁仏になるだけで、そいつはまあ、覚悟してるんだ。ただ……」

短い沈黙の後、岩吉はお縁から視線を逸らせ、ひと息に言った。

「湯灌を頼めないだろうか、この俺の」

「え？」

「俺はこの身体にこの面《つら》だ。今生《こんじょう》ではろくな目には遭わねぇ。けれども正縁さん、あんたの湯灌を受けたなら、晴れ晴れとあの世へ旅立って行けそうな気がするんだ」

誰しも明日の命はわからない。

お縁は、意味のない追従《ついしょう》は言わなかった。

「お引き受けします」

短く、だが、気持ちを込めてお縁はそう答えた。

「ありがてえ」

お縁を見る岩吉の、痘痕《あばた》だらけの顔がぱっと輝いた。

五

朝顔の苗《なえ》え、夕顔のぉ苗えー。苗や苗えー。

苗売りの声がする。お縁は湯を捨てる手を止めて、ああ、と呟いた。下落合は坂の村である。平地を歩きなれた者にとっては難儀する土地らしく、わざわざ坂を上ってここまで来る物売りは滅多にいない。季節の到来を告げる苗売りの声に、お縁は、知らず知らず笑顔になっていた。道行くひとの足元から足袋《たび》が消え、素足が似合う季節になるのだ。竹林を渡る風までも、心地よく感じる。

「さあ、これでおしまい」

お縁は、残りの湯を竹の根元に捨てて、額に薄く浮いた汗を拭った。湯灌に使用した湯は、そのまま捨てることは許されず、必ず日の当たらない場所に捨てるよう定められている。青泉寺では裏山のこの竹林が決められた捨て場所だった。

「あら」

お縁は、桶の底に長い髪が付着しているのを見つけて、指で摘《つま》み上げた。今日の新仏の、黒く艶やかな絹糸のような髪の毛。お縁は、さっと屈んで、地面に指で穴を掘り始めた。湿気を含んだ土は柔らかい。人差し指が半ば入るほど掘ると、その毛を輪にして、そっと土の中に納めた。死人の髪まで狙う者がいることが、お縁には許しがたかった。これでいい、と小さく頷くと、彼女は両手を合わせた。

「正縁、正縁、いるのか？」

正念の呼ぶ声がして、お縁は慌てて立ち上がった。

「はい、ここに」

藪《やぶ》を掻き分けて姿を見せた正念は、お縁を見ると安堵した表情を見せた。彼は昨夜より千駄ヶ谷《せんだがや》の寺に用足しに出かけていて、今夜遅くに戻るはずだった。

「変わりないようだな、よかった」

「正念さま、何かあったのですか？」

不思議そうなお縁に、正念は首を左右に振ってみせた。

「いや、何。一昨夜、諏訪村で髪切り魔が出たそうなのだ」

「まあ」

お縁は眉根を寄せる。諏訪村といえば、上落合の向こうで、ここからそう離れていない。

「湯の始末は終わったのだな？　桶を貸しなさい。私が持とう」

お縁から桶を取り上げると、正念は、滴《したた》る汗を手の甲で拭った。おそらく、髪切り魔の噂を聞いて、千駄ヶ谷より急いで戻ったのだろう。正念は、お縁が青泉寺に拾われた時から、陰に日向《ひなた》に、兄のような心遣いで守ってくれる存在だった。

「日が落ちてからは決して一人で出てはいけないよ」

こっくりと頷いてみせるお縁に、正念は笑顔を向けて、先に歩き始めた。お縁はその背を追いながら、躊躇《ためら》いがちに問いかける。

「正念さま、魔物とはどのようなものなのでしょう？」

毎日のように亡骸と向き合っているお縁には、どうにも幽霊というものがわからない。亡くなった人が祟《たた》る、という感覚が理解しがたいのだ。たとえそれがどれほど不本意な死であったとしても、死人はお縁たちに洗われて帷子に着替えて棺に納まると、どこかのんびりした顔になる。現にお縁の父もそうだった。妻敵討ちを果たせず、幼い娘を残しての頓死。現世に無念を残すばかりだった父、源九郎も、正念の湯灌を受けて、やれやれ、という表情で早桶に納まった。昔、市次から聞かされたように、あの世に旅立つ者はこの世に思いを残さないのではないか、とお縁は思う。だが、魔物を持ち出されると、訳もなく怖ろしくなるのである。

「そうだな」

正念が足を止めて、お縁を振り返って言った。

「私にもはっきりと正体はわからない。しかし、それは人の心に潜むものではないか、と思っている」

「人の心に？」

「ああ。尊いのも人なら、怖ろしいのも人。仏心、と言って人の心に仏が宿るのと同様に、隙を突いて魔物もまたそこに巣食うのだ。答えにはなっておらぬが、正縁、私はそう思う」

お縁もまた、立ち止まって考えた。

遊女の亡骸から髪を切って持ち帰れ、と命じた女郎宿の主。それを実行に移そうとした女衒。彼らは人の姿をしていても、行ないにおいてはすでに魔物であった。逆に、魔物とばかり思っていたあの夜の無数の光の正体は、実は飛ばない螢だという。ならば「髪切り魔」の仕業とされる髪切りも、実際は「魔物」のせいとばかりも言えないのかも知れない。そう、たとえばあの乳母の髪のように、別の理由で説明がつくものかも知れない。

——何もかもを「魔物」のせいにしたがる人間の心根こそが、魔物なのではないかそこに考え至って、お縁は正念に深く頷いた。正念の口元が綻《ほころ》ぶ。

「昔は、花や虫の名前ばかり聞いて来たのに、手ごわい問いかけをするようになったものだ、あの小さかったお縁坊が」

「虫の名前？　そうでしたか？」

お縁は首を傾げ、ああそれでしたら、と言葉を継いだ。

「正念さま、今ひとつお教えくださ い。節だらけで足の沢山生えた虫を見たのですが、あれは何でしょう？」

いつぞや岩吉が愛《め》でていた虫。眺めていると背中がぞわぞわする、あの虫にどんな名前があるのか知りたい、と思ったのだ。

「節だらけの虫？　足が多い？　百足《むかで》ではないのか？」

「見つけたのは、湧き水の流れの中なのです」

「水の中？　今時分のことか？」

「いえ、梅が咲き始めた頃でした」

梅の咲く頃、湧き水の中に、と口の中で呟いて、しばらく考え込んでいた正念が、はたと手を打った。

「ああ、それは『になくひ』だ」

「になくひ？」

聞きなれない虫の名に、お縁はそっと眉を寄せた。

「そう、『になくひ』。にな貝を餌《えさ》にする生き物で、子供の頃から私はそう呼んでいる。この下落合でもよく見かける、正縁もよく知っているあの虫だよ」

「私も知って？」

ますます混乱した表情のお縁に、正念はとうとう笑い出して、こう言った。

「螢だよ、正縁。お前が見たのは、螢の幼虫なのだ」

六

甲州街道第一の宿場である内藤新宿には、内藤駿河守《するがのかみ》をはじめ、多くの大名が下屋敷を構えている。ふみの乳母の湯灌のことが口伝えに広まったのだろう、さる屋敷から、お縁に湯灌を頼みたい、との声がかかった。青泉寺では別の湯灌が重なったため、お縁ひとりで出向き、菩提寺の僧侶らの協力を得て、無事に湯灌を済ますことが出来た。先方から駕籠の申し出があったが、前回と違って天気もよく、また時間的にも余裕があったため、お縁はこれを断わって徒歩で帰ることにした。小路を抜けて目抜き通りに出る。五間ほどの幅広の通りに、旅籠《はたご》や茶屋、置屋に草鞋《わらじ》屋などが軒を連ね、宿場町の名に恥じぬ賑わいを見せていた。

内藤新宿は、西は追分《おいわけ》、東は四谷大木戸までを三つに仕切って、上町、中町、下町とそれぞれ呼ばれている。お縁にとって、内藤新宿下町には、切ない思い出が詰まっていた。以前、お縁を養女に、と望んでくれた桜花堂がそこにある。かつては月に一度、行儀見習いに通った懐かしい店。桜花堂主人佐平と女将《おかみ》お香との温かな日々が蘇る。佐平が亡くなり、お香が生き別れた実母登勢と判明して以来、お香とは会っていない。お縁は下町に向かって目礼し、そのまま南に折れて玉川上水の脇に出た。帰路とは逆なのだが、すぐには立ち去りがたかったのだ。通りをひとつ違えるだけで、松の緑が深い。それまでの賑わいが嘘のようだった。立ち止まって涼しげな流れを眺める。

――子を愛しいと思う気持ちを育むこともできず

そう語ったお香の声が、今も胸に残る。わだかまりがまったくないと言えば嘘になる。だが、そうした思いを越えて、お縁はお香の幸せを祈らずにはいられなかった。

「あら」

何気なく流れの先に目をやって、思わず声が洩れた。奥の木橋に、岩吉の姿を見たのである。欄干《らんかん》に両肘を乗せて、大きな身体を縮めるようにそこに佇《たたず》んでいた。岩吉さん、とお縁は控えめに呼んだが、まったく気付く様子がなかった。

何を見ているのだろう。

お縁は、岩吉の視線の先を追う。川の向こう側を、高々と兵庫髷に髪を結った若い娘が、手代を先に立て、後ろに風呂敷包みを抱えた老女を従えて、歩いている。油屋久兵衛の娘で、新宿小町のお紋だった。藍色の生地に幸菱《さいわいびし》を一面に散らした小紋はすっきりとお洒落で、色白のお紋によく映る。同性のお縁でさえ、目を奪われる美しさだった。お紋の姿を、岩吉は橋の上からじっと目で追っている。お紋が立ち止まれば、岩吉の視線も止まり、歩き出せばそれを追う。哀しい眼差しだった。

ああ、そうか。そうなのか。

お縁は悟った。

岩吉さんはお紋さんを好いているのだ。そして、どれほど好いても相手にさえしてもらえないことを知っているのだ、と。


「さあさあ、好きなだけ食ってくれ」

同心の窪田主水が珍しく自分で菓子を買い、青泉寺を訪れたのは、両国の川開きの前日であった。

「桜花堂の桜最中だ。もはや季節外れの感があるが、正縁、お前の好物と聞いて、買うて参ったぞ。そらそら」

目の前に薄い和紙に包まれた最中を三つも四つも積み上げられて、お縁は目を丸くする。横から三太が恐る恐る尋ねた。

「窪田の旦那、一体どうしなすったんで？」

正式の寺院ならば寺社奉行管轄のため、町奉行所属の同心からすれば煙たい存在なのだが、青泉寺はそうではない。その上、下落合は町奉行所の所轄の外である。窪田にとって敷居が低く、ついでに茶菓子にもありつける格好の休み処だった。そんな彼が手土産を持参したのは、おそらく初めてのことだ。

「うむ、まあ、何だ、ちょっとした手柄をな」

人に勧めておきながら、先に自分で最中を頬張って、窪田は得意満面で答えた。市次、仁平、三太の三人が一斉に身を乗り出す。最年長の市次が、まず口火を切った。

「一体、どんな手柄をお立てになったんですかい？」

「うむ、実は昨夜、さる武家屋敷で奥方の髷が落ちる事件があってな。さては髪切り魔の仕業か、と奉行所内でもちょっとした騒動になった。そこへ私が出張って、よくよく話を聞いた上で『安心召されよ。これは髪切り魔の仕業ではござらん』と、申したのだ」

「髪切り魔でないとするなら、一体誰の仕業なんで？」

市次の問いに、窪田は口一杯に最中を頬張りながら答える。

「髪は切られたのではなく、根元から抜け落ちておった。髷を結う辺りが、こう、丸くな。聞けば、娘の嫁ぎ先への長旅から戻ったばかりとのこと。そこでこの窪田主水は閃《ひらめ》いたのだ」

毛坊主三人は、事情がよく飲み込めずに、互いに顔を見合わせる。お縁はお縁で、おや、と首を捻った。窪田は仁平に淹れさせた茶をごくごくと飲み干して、誇らしげに続ける。

「さして若くもない女人の長旅は、なかなかに負担が大きい。それがゆえに髪が抜け落ちることもあるのだ」

やられた、とお縁は苦笑した。

〈髷なかほどの部分、円形に脱毛せり。高齢の女人の長旅、負担甚大なり。これにより髪の抜け落ちしものと推察するなり〉

ふみの乳母の湯灌について記した、筆録のあの部分を、どうやら窪田は勝手に読んで、覚えていたに違いないのだ。

「中には、私のこの推理を疑う者もいたが、御殿医にお伺いを立てたところ、確かに心身の疲労により脱毛に及ぶことがある、とのことだった。いたずらに髪切り魔のせいにするのではなく、理論立てて解明したことで、奉行からえらくお褒《ほ》め頂いてな」

ほほう、と毛坊主三人が声を揃えて感嘆する。市次が、それにしても、と続けた。

「窪田さまは、一体どこでそんな知恵を？　誰かに教わったんですかい？」

「いや、それは」

窪田はお縁を気にしながら、火鉢にかかった鉄瓶を自分から取りに行き、湯を茶碗に注いだ。

「この私が自分で推理したのだ。当然ではないか、同心たるもの、常に努力を惜しまぬのだ、熱《あつ》っ！」

熱湯で口の中を焼いたのか、窪田はその場で飛び上がった。お縁は吹き出しそうになるのを必死で堪えて、用事を思い出した素振りで庫裏の外に飛び出した。通夜堂の裏まで駆けて行くと、そこで腹を押さえて思いきり笑い転げた。窪田のしたことを咎めるつもりはなかった。それよりも、これまで魔物の仕業とされて来た髪切りの正体が、少しずつでも明らかになればいい、と願うお縁だった。


上落合から下落合の一帯、ことに但馬橋の周辺は、螢の名所として知られていた。立夏を過ぎる頃に螢の飛来が始まり、ひと月をかけて盛りとなる。雨の降り出しそうな蒸し暑い夜などは、螢火が多く見られるため、江戸中から人々が見物に訪れた。

例年ならば、わざわざ神田上水まで下りて行って螢を見ることもないお縁なのだが、今年は、どうしてもあの場所で見たい、と思った。あの夜、但馬橋の傍で見た、無数の黄色い光が忘れられないのだ。

その日は、どこからも訃報が届かず、また新仏が運び込まれることもなかった。青泉寺では、久々に弔いのない静かな午後になった。日が落ちてから、お縁は正真と正念に断わって、青泉寺を出た。

但馬橋周辺は、どこからこれだけの人が、と思うほどに賑わっていた。ゆるやかな弧を描く土橋の上には提灯の明かりが並び、大層混雑しているのがわかる。人ごみを搔き分け、川べりを目指すお縁の腕を見知らぬ誰かが捉えた。

「橋で見物するつもりなら、よしな。お忍びで螢狩りに見えた、どこかの大名連中が陣取ってるぜ」

橋を見ると、警備役なのだろう、提灯を手にした若侍たちが中ほどに立ち、足を止める見物客を追い立てていた。お縁は教えてくれた人に礼を言い、川べりに行くつもりなのだ、と伝えて道を譲《とも》ってもらった。

螢の火がちらほらと点り始める。土手の上では、子供たちが竹竿を手に、娘たちは手にした団扇《うちわ》で遠慮がちに、思い思いに螢を追う。申し合わせたように、見物客の提灯の灯が吹き消されていき、周囲は闇となった。闇に目が慣れると、草の中の露のように光るものもあり、川面をすれすれに飛行するものもあれば、天高く上っていくものもある。やがて半時も過ぎる頃には、螢火は最多となり、黄色い光が点滅しながら空中を乱舞する。但馬橋の上を過《よぎ》る群れもあって、見物客の間から、わあっと歓声が上がった。お縁も川べりで揉みくちゃにされながら、夢中で螢火を見ていた。地を這う黄色の明かりも美しかったが、今のこの見事なのはどうだ。あの湧き水の中に潜んでいた、節だらけの面妖な虫が、こんなふうに成長するとはまるで奇蹟ではないか。

「今夜は新宿小町を拝めるかも知れないぜ」

お縁の傍で、ほろ酔い加減の若い衆が騒いでいる。

「新宿小町だ？　こんなに暗くちゃ見えねえよ」

「油屋のお紋か？　ご当人は『新宿小町』てえ呼び名は田舎臭くて我慢なんねえそうだぜ」

「てやんでえ、田舎で悪うござんしたね。馬糞《まぐそ》の臭いがぷんぷんさ」

どっと笑い声が沸いた、その時だった。声とも溜め息ともつかないものが、あちこちから一斉に洩れた。ちょいとご覧よ、と人々が指差す方を、つられてお縁も見る。

一群れの螢が、但馬橋の袂に佇むお紋の周りを囲むように飛び、その髪に、肩に、胸に留まって光を放っていた。あまりの美しさに、誰もが言葉もなく見惚れるばかりだ。

お紋の背後、乱舞する螢火に照らされた人垣の中に、思わぬ姿を見つけて、お縁は息を呑んだ。岩吉が、隠しきれない想いを滲ませた眼差しで、お紋に見入っていた。

油屋久兵衛の娘お紋が、あの夜にさる旗本の嫡男《ちゃくなん》に見初《みそ》められた、という噂がまことしやかに流れ出したのは、それからすぐのことである。内藤新宿の油屋の前に幾度も権門駕籠が停められていたり、身なりを整えた久兵衛が頻繁に家を空けることから、その噂に拍車がかかった。

ここ青泉寺でも、市次ら三人の毛坊主が、庫裏で茶を飲みながらの噂話に余念がない。

「見初めたのは存外、大名ではないのか。水戸あたりの」

「俺は尾張だと思うが」

「いっそのこと、将軍様ってのはどうだ」

傍らで聞いていたお縁は、息苦しくなって、湧き水を汲みに行くのを口実にその場を離れた。

庫裏から強い日差しの下へ出ると、それだけで目が眩《くら》みそうになる。今日はまだ早桶も届いておらず、境内に岩吉の姿はなかった。お縁は、掌を陽にかざして、重い息を吐く。岩吉のことが気がかりで仕方なかった。

誰かを好きになる、という感情は、お縁自身にはわからない。男と女の情愛など、実のところ、わかりたくはなかった。父も母もそれがもとで破滅したのだから。けれど、お紋の姿を追う岩吉の目。あの眼差しを思い返すたびに、自分でも説明のつかない気持ちになる。

そう、あの眼差しは、遠い日の父のそれと似ていた。幼いお縁を膝に抱き、あんな目をして何かを眺めていた。見ていたものは川面だったり空だったり、あるいは花だったりしたけれど、父の目が本当に見つめていたのは、母お登勢の面影だったのだ。

お紋を追う岩吉の眼差しが、そのことを気付かせた。父と同じ久居藩の藩士と繋がり、手に手を取って逃げた母。裏切られてなお、父は母を求めたのだろう。世間的には妻敵《めがたき》討ち、という名目を掲げ、その実、父は母を求めて止まなかったのだ。

心の臓がきりきりと痛んで、お縁はそっと胸に手をあてた。

七

大暑を迎えた。

極寒の夜と、酷暑の日中。喪《も》が重なるのはこの二つで、お縁はこのところ連日、午前中は青泉寺の湯灌場に立ち、午後からは他所での湯灌に駆り出された。その日は千駄ヶ谷での湯灌を終え、急いで戻ろうと青梅道まで辿り着いたところで、軽い立ちくらみを覚えた。暑気あたりのようだった。幸い、柳の木の下に麦湯売りの屋台を見つけて、そこで少し休んでいくことにした。大麦を炒《い》って煮出した麦湯は、一杯六文。少し砂糖を足してあるのか、口に含むと麦の香りと共に仄《ほの》かな甘さが広がる。

「美味しい」

お縁が声に出して言うと、歯の抜けた中年女が、そうかい、と嬉しそうに笑った。

「こんなものが売れるのか、と言われるんだがねえ。けど、今日みたいな暑い日には、ちょいといいだろう？」

ええ、とお縁は頷いた。すぐに飲んでしまうのが惜しくて、お縁は柳の木にもたれながら、ゆっくりと麦湯を味わった。どこかの寺の縁日なのか、上町に向かう通りは大層にぎやかだ。若い娘たちは、いつぞや窪田が話していたとおり、両方の鬢《びん》を向こう側が透けて見えるほどに膨らませた「灯籠鬢」という髪形をしている者が多い。お縁は麦湯を手に、人通りを飽かず眺めていた。

「ご覧よ、新宿小町とやらがおいでなすった」

あまり快く思っていないのか、女はひょいと顎をしゃくって、人だかりを示した。

通りの両側に人垣が出来て、その間を、鹿《か》の子《こ》絞りの単《ひとえ》に、いつもの兵庫髷を高く結ったお紋が、これまたいつもの気の弱そうな手代に付き添われて、あちらから歩いて来る。そのお紋の顔を見て、お縁は、おや、と思った。

表情に憂《うれ》いがあった。その人となりは別にして、自信に満ちた顔つきが彼女の魅力のひとつなのに、今日はまるきり精彩を欠いている。それが逆に、どこかしら風情を漂わせていた。お縁の眼差しに気付いたのか、お紋がこちらを向く。また侮蔑の言葉を投げつけられるのか、と身を固くするお縁の前を、しかしお紋は、「左舷太《さげんた》、早う」と、それが手代の名なのか、急《せ》き立てるように呼んで、足早に通った。ただし、通り過ぎるその一瞬、険のある眼差しでお縁を見ることを忘れなかった。

「おお、恐い」

麦湯屋台の女は、大袈裟に肩を竦《すく》めてみせる。

「あんた、あの女に目の敵《かたき》にされてんだねえ」

「随分きらわれてしまって。まともにお話ししたことなど一度もないのですが」

遠ざかる兵庫髷を見送りながらお縁がそう言うと、女は、楽しげにからからと声を立てて笑った。

「自分じゃわからないのかい？　あの女はあんたに嫉妬《しっと》してんだよ」

「嫉妬？」

思いもかけない言葉を聞かされて、お縁はきょとんと女を見、続いて自分の身体にぐるりと視線をめぐらせた。女らしい身体つきになったとはいえ、日に焼けて浅黒い肌、棒きれのように細い手足、何度も水を潜って薄くなった粗末な単。お紋から羨《うらや》まれるところなど、どこにもない。

「わからないかねえ」

女は苦笑して、こう続けた。

「目鼻立ちとか、肌の色とか、ましてや身に付けてるもんなんかじゃないんだ。あんたには、あの女にない品のようなものが備わってるんだよ」

そんな訳はない。お紋が自分を嫌う理由は別にあるのだ。お縁はしかし、それを言葉にはせず、礼を言って屋台を後にした。

――縁起でもない
――屍洗いが
あの時のお紋の捨《す》て台詞《ぜりふ》が、熱を伴《ともな》って耳に蘇る。けれど、とお縁は瞳を空に向けた。一片の雲もない夏空。

――ほんに得がたい手よ

ふみの声が優しく降り注ぐ。貶《おとし》める人もいる一方で、自分たちの役割を理解してくれる人もいるのだ。お縁は、両の掌を開き、そっと天に差し伸べた。

「お紋の件で、面白い話を聞いたぞ」

団子を横にくわえて串を抜きながら、窪田主水が言った。本堂に供えてあったものを、ちゃっかり持って来たのだろう。

「面白い話？」

午前の仕事を終え、庫裏でひと息ついていた毛坊主たちの目が一斉に輝く。お縁は、湯飲み茶碗を洗う素振りで、そっと土間に逃れた。

「どんな話なんです？　窪田の旦那」

三太の問いかけに、含み笑いの窪田が答える。

「新宿小町のお紋に、岡惚れした化け物がいるって話だ」

がちゃん、と派手な音がした。お縁の手から茶碗が落ちて、土間で砕けていた。

「おい、吃驚《びっくり》するではないか」

「申し訳ございません」

お縁は詫び、うろたえたまま這い蹲《つくば》って欠片《かけら》を拾う。

もしや。もしや、あの人のことではないのか。

「窪田さま、その化け物ってのは、一体誰のことなんで？」

市次の問いにも、さてさて、と窪田は食べ終えた串を左右に振って、勿体《もったい》をつける。

「ああ、じれったい！」

「窪田さま、いい加減《かげん》に教えてくださいよ」

市次と仁平が焦れた声を上げると、三太は三太で、転がるように庫裏を出て、お供えの団子を調達して戻った。

「よいか、その化け物というのはだな」

新しい団子の串を使って、窪田は開け放たれた障子から通夜堂の裏手を示す。その庇《ひさし》の下に、岩吉の作った早桶が重ねて置かれていた。毛坊主三人は、互いに顔を見合わせる。

「それじゃあ、その『化け物』ってのは……」

「さよう。あの『一枚岩』のことだ」

ああ。

お縁は土間に蹲《うずくま》って、動揺に耐える。

蛍狩りのあの夜、お紋の姿に見惚れる岩吉に気付いたのは、お縁ばかりではなかったのだ。ああまで想いを込めて見つめていたのでは、早晩、周囲に悟られても仕方ないのかも知れない。

お縁の様子など頓着せず、窪田は得々と続けた。

「あのご面相で新宿小町に懸想《けそう》するとはいい度胸だが、さすがに本人も身の程を知っていたとみえる。ただただ、指をくわえて見つめるばかり、というのだからな。戯《ざ》れ歌にあるだろう、ほれ、あれだ」

嬉々として、窪田は謡《うた》いだした。

「恋に〜焦《こ》がれて啼《な》く蝉よりも〜、啼かぬ蛍が身を焦がす〜」

「よしてください！」

思わず、お縁が金切り声を上げた。

「誰が誰を好いたとして、そのどこが悪いのです？　誰に咎めだてされねばならないのです？　そのような話をこの場でなさらないでくださいませ」

お縁がそんな声を出すのは、初めてだった。四人とも、あんぐりと口を開けたまま、固まっている。いたたまれずに、お縁は外へと飛び出した。

「正縁さん」

寺門を出たところで、呼び止められた。背中に座棺を背負った岩吉だった。

「岩吉さん、どうして？」

「どうして、って。注文のあった座棺を届けに来たに決まってる」

妙なことを聞く、と言いかけて、岩吉はお縁の手に視線を留めた。

「怪我でもしたのか？　血が出てるじゃねえか」

言われて初めて、お縁は、右の掌から手首を伝って、血がたらたらと流れ落ちているのに気が付いた。岩吉は背中から座棺を下ろすと、黙ってお縁の右手を取り、その拳を解いてやった。掌に、割れた茶碗の欠片が深々と刺さっている。

「こいつは酷い」

岩吉はその太い指で尖った欠片を摘むと、一気に抜き取る。

「う」

「我慢しな」

腰に挟んでいた手拭いを引き抜くと、岩吉はそれをお縁の右手に巻きつけた。手拭いがじわじわと血の色に染まっていく。見つめるお縁の双眸から、涙がぽろぽろと零《こぼ》れ落ちた。

「痛むのか？」

心配そうに顔を覗き込まれ、お縁は懸命に首を左右に振った。他人に知られてしまった岩吉の恋の行方を思って泣いている、とは言えなかった。

八

あろうことか、そのお紋が七夕の夜、髪切り魔に遭ったのだ。

三太が聞き込んで来た噂話によると、それはおおむね、次のような経緯であった。

当日は蒸し暑く寝苦しい夜で、床を抜け出したお紋は、涼を求めて店の裏に出た。玉川上水の水辺から吹く風にあたろうと思ったのだろう。だが、主はじめ店の者は誰もお紋が出て行ったことに気付かず、熟睡していたという。その日は年に一度の井戸さらいで、誰もが疲れ果てていたため、無理からぬ話であった。周辺に人影はなく、ただ、お紋が背後に何かの気配を感じた途端、自慢の髷が落ちたというのである。お紋の悲鳴で店は騒然となり、夜明けと共に町方の検分が入る大騒ぎとなった。

「窪田の旦那なら、もっと詳しい事情をご存知なんだが。まったくよ、こんな時に限って現われやしない」

「何でも、髪切り魔に襲われた、ってんで縁談が壊れちまったらしい。おかげで油屋じゃあ、半狂乱になったお紋が自害でもしねえように、二六時中、店の者が見張ってるってえ噂だぜ」

市次たちが好き勝手に話している脇で、お縁は胸が塞ぐ思いだった。お紋の身を案じて、というよりもむしろ、事件を聞いた岩吉がどれほど心を痛めているか、それを思うがゆえだった。

事件から五日、岩吉は青泉寺に顔を出していない。

早桶の方は予備で間に合わせることが出来たし、座棺の注文は入れていないので、寺が迷惑を被《こうむ》った訳ではない。だが、律儀な岩吉が断わりもなく五日も姿を現わさないのは、今回が初めてのことだった。さすがに六日目には、住職の正真が、毛坊主の三太に岩吉の家まで様子を見に行かせた。岩吉の住まいを知らないお縁は、じりじりと焦れながら三太の帰りを待った。

「正真さま！　正念さま！　大変でございます！」

悲鳴に近い三太の声に、青泉寺の全員が境内に飛び出す。

「三太、何があった」

よほど必死で駆けて来たのだろう、三太は正真の問い掛けにもすぐには答えられないほど息が上がっている。お縁が差し出した柄杓《ひしゃく》の水をごくごくと飲み干して、ようやく荒い息を整えた。

「岩吉が、町方のお役人に引っ張って行かれました。あっしの見ている目の前で」

「なに」

正真までもが顔色を変えた。

「何ゆえに岩吉がそのような目に遭わねばならぬのじゃ」

「それが……」

流れ落ちる顔の汗を乱暴に拭いながら、三太は声を絞る。

「髪切りの疑いを掛けられたんで。油屋のお紋に懸想したが相手にされないんで、その腹いせに髪を切ったんだとか。窪田さまが先頭に立って岩吉に縄を打ち、自身番へと追い立てて行くのをこの目で見ました」

「何だと」

「そんな馬鹿な」

市次と仁平が同時に叫ぶ。親しく交わらずとも、その誠実な仕事振りから岩吉の人となりはわかっていたのだろう。奴がそんなことをする訳がない、と声を揃えた。

「そのような嫌疑なら、さして心配はあるまいて」

ほっとした口振りで、正真は言った。

「じきに疑いは晴れると思うが、念のため、私から自身番に出向いて、町方に話してみよう」

正真の言葉に、お縁は胸を撫で下ろした。同心の窪田主水は、粗忽《そこつ》でお調子者ではあるが、故意に事実を捻じ曲げたり、でっち上げたりする人間ではないはず。正真の口添えがあれば、きっと岩吉の嫌疑を晴らしてくれるに違いない、とお縁は思った。

だが、お縁の期待はあっさりと裏切られる。実はこの時すでに、岩吉は内藤新宿の自身番から小伝《こでん》馬町《まちょう》へ牢送りとなっており、そうなってしまっては正真の手には負えなかったのである。

「新宿小町の髪切りは、魔物の仕業に見せかけて『一枚岩』が仕出かしたことだそうな」

「まあ、髪切り魔も岩吉も、どっちも化け物には違いねぇや。お紋も気の毒になあ。化け物に惚れられちまって」

心ない噂が聞こえるたび、お縁は両手で耳を塞いだ。出来ることなら小伝馬町に飛んで行って、事の仔細を知りたいと思うのだが、それが叶うはずもない。ともすれば考え込む時間が多くなったお縁を、正念が心配そうに見守っていた。

待ちかねている時に限って、窪田は青泉寺に顔を見せない。岩吉が捕らえられてから七日経ち、十日経ち、その窪田本人が意気揚々と青泉寺に現われたのは、葉月《はづき》一日、八朔《さく》のことであった。家康公の江戸入府を記念して、江戸城では例年、田面《たも》の祝賀が華々しく執《と》り行なわれる。だが、そんな晴れがましい席とは無縁の同心、窪田主水は、例によって小腹を空かせて青泉寺の門を潜った。

いつも通り、庫裏で茶菓子にありつくつもりの窪田を、珍しく住職の正真が直々《じきじき》に迎えて、本堂に案内する。お縁や市次たちが岩吉の身を案じているのを知っていた正真は、正念に命じて全員を本堂に集めた。どうも勝手が違う、と尻の落ち着かない窪田に、正真は、まず岩吉が今、どのような状況に置かれているのかを尋ねた。問われて窪田、困り顔で腕を組んでみせた。

「すでに当方の手を離れたので、それには答えかねる」

途端、その場にいた全員からきっと睨まれて、窪田は慌てる。小心な彼は、しどろもどろになりながら次のように話した。

容疑者を捕らえるのは同心だが、取調べを行なうのは吟味与力で、それは本人が自白するまで続けられる。岩吉が自白した、という話を聞かない以上、まだ取調べは終了していないのだろう。その場合、拷問による吟味で自白に持ち込む。最初は鞭打ち、次に石抱き、それでも自白に至らないなら拷問蔵に押し込めて、背を反らせ頭と足を一括りにする海老《えび》責め、天井から吊り下げる釣《つり》責めなどの責め苦が自白するまで続けられる、というのだ。

そんな無茶苦茶な。

お縁は恐ろしさのあまり、がたがたと身を震わせた。

「それじゃあ、やってないことまで自白しちまいますぜ」

市次が呻き、仁平と三太が、こくこくと首を縦に振った。

「それほどまでに責められてもなお自白しない、というその一事からして、岩吉の無実は明白だと思うがのう」

正真が言い、正念も師の言葉にさらに添えた。

「いくら頑強な岩吉といえど、それでは無実と知れる前に命を落としかねません」

「ええい、うるさい！」

窪田が真っ赤になって叫ぶ。

「どうにもならんものは、どうにもならんのだ！」

気まずい沈黙が本堂を包む中、それまで一言も発しなかったお縁が、何か言いたそうな表情を見せたのを、正真は見逃さなかった。

「正縁、何かあるのなら言うてみなさい」

はい、とお縁は頷き、身体ごと窪田に向き直った。

「窪田さま、以前、内藤新宿で比丘尼《びくに》が手籠めにされる事件があったと聞きました」

窪田は、お縁の意図を測りかねながら、うむ、と首を縦に振る。

「確かにそのような事件があった。犯人は土地の百姓で、仕置きも済んでおる」

「その際、男の身柄は自身番で預かり、お取調べもそこで行なわれた、という話を聞いたように思います」

「その通り。いちいち小伝馬町送りとしていたのでは町方の負担が大き過ぎるので、大抵の場合は自身番預かりとするのだ」

窪田の返事に、お縁がわずかに身を乗り出した。

「手籠めにすれば自身番預かり、髪を切れば小伝馬町送り。この扱いの違いは何でございましょうか？」

それは、と窪田が困ったように天井を睨んだ。

「おそらく、髪は女人の命とも言うべきものだからであろう」

「髪は時が経てば元通りになりましょう。けれど傷つけられた身体は、それに心は……。罪としてはどちらが重いか、明白のはず」

「それはまあ、そうだが。正縁、お前は一体何が言いたいのだ？」

言われてお縁、畳に両手をつき、窪田の目をしっかりと見据えた。

「本来ならば自身番預かりとすべきところを、わざわざ小伝馬町送りにしたのには、何か理由が……。被害に遭ったのがお紋さんだった、ということが大きく関わっているのではないのですか？」

ああ、と正念が思わず膝を打った。お紋を嫁に、と望むご大家から町方に横槍が入ったのではないか――とお縁はそこを突いているのだ。

「考え過ぎだ、正縁」

窪田は首を横に振って、言った。

「髪切りに関しては、江戸はおろか京、大坂にまで広がった事件。ここまで世間を騒がせた以上、町奉行としても厳しく接する必要があるまでのこと」

「窪田さま、そりゃちっと、おかしかありませんか？」

お縁に加勢するように、市次が口を挟んだ。

「これまで大方の髪切りは『髪切り魔』てえ魔物のせいだったはずだ。それがどうして今度の一件だけ違うんです？　俺には町方が是が非でも人間を犯人に仕立て上げようと躍起になってるように思えるんですがね」

「ぶ、無礼な！」

窪田が目を剝いた。

「お紋を取り調べたのは私だ。そうとも、この私がお紋から岩吉の名前を聞き出したのだ」

あの日、内藤新宿中町の油屋久兵衛宅に最初に駆けつけたのが窪田だった。被害に遭ったお紋は、無残に顔に落ちてくる髪を両手で隠して泣くばかり。その姿を見た時から、窪田には妙な違和感があった。要領を得ないお紋に、髪切りに遭った時の状況を根気よく尋《たず》ねると、背後に何か気配を感じた途端、突然に髷が落ち、その時には人影ひとつなかった、という。それまで出没していた髪切り魔の手口と同じだった。だが、切り落とされた髷を見て、窪田は、自分の感じた違和感の理由を悟る。それまで彼が見聞きしてきた髪切りは、元結の上で切られたものだ。無用な傷を負わせず髪だけを切り落とそうとすれば、自然にそうなる。だが、お紋のそれは元結から下、ぎりぎり頭皮に近いところで切られていた。そこに私怨のようなものを感じて、窪田はさらにお紋を尋問し、そこで初めて、お紋の口から「実は前々から岩吉に付きまとわれて、怖ろしくてならなかった」という証言を得た。

「髪切りが魔物の仕業とばかりとは限らない——そのことを私に教えたのは他でもな

い、正縁、お前ではないか」

　勝手に筆録を盗み読んだことを棚に上げ、窪田は、挑むようにお縁を見た。お縁は少しの間、首を傾げ視線を空にめぐらせた。

「お紋さんは、恨みを買う心当たりとして、岩吉さんの名前を上げられただけなのですね？」

「『だけ』とはどういう意味だ？」

　尖った声で窪田が言う。

「まるで、この私が岩吉に罪をなすり付けたかのような物言いだな。では教えてやろう。お紋は、後日お取調べになった吟味与力にも『あの時の気配は、岩吉だったように思う』と語ったのだぞ。切り落とされた自分の髪を前に、確かにそう語ったのだ」

「そいつはちょいと解せねえ」

　つい、口が滑ったのだろう、三太がしまった、という顔をした。途端に、頭から湯気を立てんばかりに窪田が憤《いきどお》る。

「ぶ、無礼な。貴様、何が解せないというのだ」

「申し上げなさい。三太」

　正念に促されて、三太は身を縮めながら遠慮がちに言った。

「いえね、あっしが岩吉なら、そこまで惚れた女の髪だ、切り落とすだけで済ませやしません。きっと持ち帰り、肌身離さず身につけるかと。なので、髪が残ってた、ってえのが解せないんで」

毛坊主の中で最も若く、まだまだどっぷりと俗世に浸かっている三太の言葉には、妙な説得力があった。

「切ってはみたものの、己《おのれ》のしでかしたことの重さに慄《おのの》いてその場を逃げ出したのであろう」

窪田の弁明も歯切れが悪い。

お縁は、息を詰めて考え込んだ。お紋の髪は故意に切られたもの。しかも元結の下を。頭皮に近いそんな部分に刃物をあてて「気配だけで影もなく、髷だけを切り落とす」ということがあり得るのか？　もしそれが可能だったとしたら、それはやはり魔物の仕業ではないのか？　なのにお紋はなぜ、岩吉の名前を出したりしたのだろう。魔物の仕業で通さなかったのは、お紋自身、それが魔物のせいでないことを知っていたからではないのか。お縁はふと、両手を後頭部に回した。尼そぎの髪を左手で束ねてみる。

「な、何だ、正縁、何の真似だ」

右手の人差し指と中指を頭皮に差し込んで幾度も切る仕草をするお縁を、窪田は気味悪げに眺める。正念が、はっと双眸を見開いた。そう、丁度二年前、桜花堂の養女の話を断わる際、まさに自らの髪を鋏で落としたお縁だった。顔に落ちてきた髪を払うこともせず、青泉寺に置いてくれと頼んだ少女の姿を、正念は鮮やかに思い出したのだ。

「窪田さまに申し上げます」

お縁が両手をついて、深く一礼した。

「許す、話してみよ」

「魔物でもなく、ましてや岩吉さんでもなく、気配だけで影も残さずお紋さんの髪を切り落とすことが出来るひとは、一人だけです」

「ええい、勿体《もったい》をつけるな。一体、誰だというのだ」

窪田はお縁ににじり寄って、その顔を覗き込む。お縁は、顔を上げ、真っ直ぐに窪田を見ると、落ち着いた声で言った。

「それは、お紋さん自身です」

通り雨だろうか、大粒の水滴が落ちて来たかと思うと、たちまち盥《たらい》を引っくり返したような降りになった。

九

「窪田の旦那。傘をお持ちください」

三太が差し出した傘を、しかし窪田は手に取らず、雨の中を飛び出して行く。一刻の猶予もならなかった。

油屋久兵衛の娘お紋の髪切りを、お紋自身による狂言だ、とするお縁の推理は、彼にとって唐突ではあったが、決して奇抜なものではなかった。岩吉ほどの大男に背後に立たれて「気配」しか感じない、というのはどういう訳か、という疑問は当初からあった。だが、もともとどこか得体の知れない化け物のような男ゆえにそういうものか、と思い込もうとしていた。何より、岩吉には動機があったのだ。しかし、と窪田はずぶ濡れになりながら、天を仰ぐ。

「ならばお紋にも、狂言をせねばならない事情があったのではないのか」

魔物の仕業で押し通すつもりが、窪田の疑問を払拭《ふっしょく》出来ず、思い余って、つい、岩吉の名前を出してしまったのだとしたら。嘘に嘘を重ねているとしたら。篠突《しのつ》く雨を潜り、窪田は駆けた。

昨日からの激しい雨がようやく止んだ。内藤新宿中町。道端に出来た幾つもの水溜りに、名残の夏の浅葱《あさぎ》空が映り込む。そこを、思案顔のお縁が、行きつ戻りつしていた。

油屋久兵衛のお店の前は人だかりがしている。髪切りに遭ったお紋を一目見ようとする野次馬の群れであった。お縁とて、もしやお紋に逢えやしまいか、話を聞けやしまいか、とここまで足を運んだのである。だが、自慢の髪を失ったお紋が人前に顔を出す道理もない。お縁は幾度めかの溜め息をついた。

「商いの邪魔です。勘弁してください」

中まで様子を見に入った野次馬を、店の者が声を荒げて追い出す。

「何でえ何でえ、この店じゃあ客に対してその仕打ちかい」

腹立ち紛れの怒声が響く。そうだそうだ、と尻馬に乗る者が出る。

「油屋じゃあ娘の器量も売りものなんだろ？　減るわけじゃなし、顔を見せろよ」

「岩吉は牢屋ん中だ。心配ないから出て来て、その綺麗な顔を拝ませてくんな」

その時。店の奥から若い男が飛び出して来て、手にした桶の水を野次馬の群れに向かって勢いよく浴びせた。ふいを突かれて、ずぶ濡れになった輩《やから》から悲鳴が上がる。

「何しやがる！」

「やかましい！　何が客だ。お前らのどこが客なんだ！」

空の桶を手にした男が、顔面蒼白、身を細かに震わせながら怒鳴った。その気迫に呑まれて、野次馬たちは一様に黙る。お縁には、その男に見覚えがあった。人相が違って見えるほどに面窶《おもやつ》れしてはいるが、お紋がいつも連れ歩いている手代だった。

「左舷太、よさないか」

奥から顔を出した油屋久兵衛その人が、きつい口調で彼を叱責し、野次馬の方へ向き直って深く腰を曲げた。

「相すみません、皆さん。この通りでございます。ただ今、手拭いをお持ちします」

主人の横で、左舷太は、なおもわなわなと唇を震わせている。雇い主の娘のためとはいえ、度の過ぎた反応に思われた。その瞬間、お縁の脳裏に閃《ひらめ》くものがあった。

――そう、三本。もつれている糸は、三本なのだ
螢狩りの夜の、美しいお紋。

そのお紋をさる御大家が見初めた、という噂。

麦湯屋台の前で見かけた、生気のないお紋。

『仮にお紋さんを見初めたのが、どこかのお旗本だったとして、彼女自身がその玉の輿《こし》に乗るのを望んでいたなら、あんなに萎《しお》れた様子にはならなかっただろう』

『お紋さんに、実は想うひとがいたとしたら？』

『そして、持ち込まれた縁談を断われないとしたら？』

髪を下ろしてしまえば、縁談を断わることは出来る。しかし、それでは好きな人とも添えなくなる。では、髪切りに遭った、ということになれば……。もつれていた糸が、するりと解けた。

十

思いがけない方向に事態が急転したのは、その二日後の夕刻のことだった。同心、窪田主水に先導されて、戸板に乗せられた岩吉が青泉寺に担ぎ込まれたのである。

うつ伏せの背中は肉が裂け、分厚く固まった黒い血と、固まりきらない鮮血とが層を成して、そこから骨が覗いている。横を向けられた顔は変形し、開かれたままの口の周辺にも血のりがこびりついていた。肩の辺りが微かに上下していなければ、とても生きているとは思えない。岩吉さん、と呼んだきり、お縁は言葉が出ない。正念が、戸板を担ぐ小者たちを庫裏の奥座敷に誘導する。

「窪田さま、岩吉は嫌疑が晴れてお解き放ちになったのでございましょうな？」

正真が珍しく険しい口調で問うのに対して、窪田は暗い表情のまま、やるせなさそうに首を左右に振った。

「そうではない。住職、そうではないのだ」

窪田が言うには、お縁からお紋の狂言について示唆された彼は、その足で小伝馬町へ赴き、与力を通さずに直接、牢内の岩吉に会った。

――お紋の髪切りが狂言であった旨の証言を引き出すまで、今少し堪えてくれ。なに、これまで持ち堪えられたお前のことだ。お紋がお前に着せた濡《ぬ》れ衣《ぎぬ》を晴らすまで、今少し辛抱できるな？

窪田からそう聞かされた岩吉は、ひどく考え込んだ様子だったという。翌朝、その岩吉本人が、吟味与力に髪切りを自白したのだ。あれほどまでに酷い責め苦を受けても犯行を否認し続けた男が、「お紋の髪切りは自分の仕業」と認め自ら口書に爪印まで押した、というのである。

　これを受け、ただちに白洲にて町奉行より刑が言い渡された。遠島よりも重い刑なら老中の同意が必要で、それなりに時間もかかるが、岩吉の場合はそれ以下だったため、その場ですぐ実行されたのだという。

「その結果がこれですか」

　岩吉の背中の血を拭っていたお縁が、その手を止め、怒りに震える声で言った。すでに手の尽くしようがなく、岩吉の死が近いことは誰の目にも明らかだった。

「拷問蔵で散々に責められた挙句、重敲《おもたた》きとはあんまりですぜ」

　三太がしきりに洟《はな》を啜る。窪田は、何かを告げようとして逡巡し、結局、押し黙ったまま、岩吉のぼろ雑巾《ぞうきん》と化した左袖を捲《まく》ってみせた。

　ひっ、と短い悲鳴を上げて、お縁が両の掌で自身の口を塞ぐ。岩吉の上腕部には咎《とが》人《にん》の証しの二本の刺青《いれずみ》がくっきりと施されていた。

　なぜ、こんなことに。

　どうして。どうしてどうして。

　岩吉の身体を揺さ振って問い質《ただ》したくなる衝動を、お縁は辛うじて耐えた。

　――正縁さん

そう呼ばれた気がして、お縁は、男の顔に自分の頰を寄せる。死が目前に迫った時に起こる下顎呼吸が始まっていた。そのために、何かを伝えようとするその唇の動きを読み取ることが出来ない。

岩吉は潰れた瞼を持ち上げ、お縁を認めると、渾身の力を振り絞って声を出す。

「や、く、そ」

がくん、とその頭が落ちた。瞳は開いたままだった。正念がその頸動脈に触れ、お縁を見てそっと首を横に振る。毛坊主たちの押し殺した泣き声が洩れた。

お縁は、そっと岩吉の瞼を撫でる。優しい手に撫でられて、男の両の瞳が閉じる。刹那《せつな》、名残の涙が目頭から一筋、流れ落ちた。お縁は指の腹でその涙を拭ってやりながら、胸の内で呟いた。

や、く、そ。

や、く、そ、く。

——俺はこの身体にこの面だ。今生ではろくな目には遭わねぇ

あの時の口振りのまま、岩吉の声がお縁の耳に蘇る。

——けれども正縁さん、あんたの湯灌を受けたなら、晴れ晴れとあの世へ旅立って行けそうな気がするんだ

悲しみとも怒りとも異なる、表現しがたいやるせなさがお縁の胸に満ちていく。裂けた肉を晒《さら》して横たわる岩吉の姿に、「このひとをこのまま逝《い》かせるのか」との思いが溢れる。お縁はさっと立ち上がって部屋を飛び出した。

「お縁坊、よく気がついてやったなあ」

真新しい晒し木綿と裁縫箱を抱えて戻ったお縁を見て、市次が涙を拭いながら頷いた。

「しかし、経帷子を縫ってやるんなら、晒しより白麻の方がいい。俺が取って来よう」

お縁は黙って首を左右に振る。腰を浮かせかけた市次が、戸惑いつつも座り直した。お縁は糸を長めに取って針に通すと、岩吉の亡骸に向かい、躊躇《ためら》うことなくその裂けた皮膚に針を通した。お縁のしようとすることがわかって、その場に居合わせた全員が息を呑む。

「正縁」

いち早く制止しようとした窪田の腕を、正念が押さえた。お縁の思うままに、と正念は眼差しで同心に伝える。正念は、お縁が桜花堂主《あるじ》佐平の亡骸を縫合したことを覚えていたのだ。

如是我聞《にょぜがもん》　一時佛在《いちじぶつざい》
舎衛国《しゃえこく》　祇樹給孤独園《ぎじゅぎっこどくおん》

正真の柔らかな読経が始まり、毛坊主たちは居住まいを正して合掌する。亡骸に深く一礼して、正念が師匠の読経に加わった。経文の流れる中、お縁はただ無心に針を動かし、岩吉の裂けた肉を縫っていく。その姿を見守るうち、窪田の双眸に説明のつかない涙が浮かんだ。

　無残な傷口は丁寧に縫い合わされ、清潔な晒しで覆われた。そうして翌朝、かねてからの望み通りにお縁の湯灌を受けた岩吉は、浄土へと旅立って行った。

「律儀な野郎だぜ」

　身の丈に合わせて作られた座棺の蓋を閉める時に、悲しみのこもった声で仁平が呟いた。栗の木の座棺は、岩吉の住まいに隠すように置かれていたもので、かなり以前から彼自身の手で用意されていた様子だった。

　西の木、という文字の組み合わせから「栗」は西方浄土に通じる、とされる。現世に絶望し、ただひたすらに浄土への生まれ変わりに夢を託していたのだろう岩吉の想いが、お縁の胸を締め付けた。

秋の日は、落ちるのが早い。

西の空が染まる気配を感じて、人々が但馬橋を渡る足を速めた。お縁もついつい、気が急いて足早になる。このところ晴天続きだったせいか、神田上水の水かさが減り、一枚岩が亀のようなその姿を晒している。それに気付いたお縁が、橋の中ほどで立ち止まった。川の両岸から岩に向かって松が迫り、松の中に混じる楓《かえで》が紅葉して落日に映えている。

「この橋からあんなにはっきりと一枚岩が拝めるのも珍しいな」

聞き覚えのある声に、お縁が顔を上げると、同心の窪田主水が傍に立っていた。岩吉の死以来の再会であった。

「油屋のお紋だが」

一枚岩に視線を向けたまま、窪田は、いきなりその名を口にした。言わずにはいられない、という口振りだった。

「大坂の親戚のもとへ預けられるそうだ。久兵衛が手代の左舷太をつけて今朝、送り出した。折りを見て所帯を持たせるつもりだろう」

そうですか、とお縁は小さく呟いた。窪田は、視線をお縁に戻すと、躊躇いがちに問いかけた。

「正縁、お前は螢狩りの夜、お紋に懸想したのが誰なのか、知っていたのか？」

いいえ、と、お縁は窪田の目を見て答えた。

「ただ、お紋さんが狂言をするより他に逃れる道のないほどに……それほどまでに御大家だったのでは、と」

お縁から目を逸らせ、窪田は、そっと眉根を寄せた。

「名を明かす訳には行かぬのだが、老中まで勤めた大名、とだけ言っておく」

老中、という言葉に、お縁は大きく瞳を見開く。

「もしや、内藤新宿に下屋敷が？」

今度は窪田が目を剝いた。彼は返答を避けたが、それが逆にお縁に答えを伝えた。

政事に明るくないお縁には、老中職を退いた大名が何名いるのかはわからない。だが、内藤新宿に下屋敷を持つそのような身分の者が、複数人存在するとも思えなかった。

脳裏に、あの日のふみの優しい笑顔が、美しい手が、浮かぶ。

「ご子息か、ご家臣のご縁談でしょうか？」

「違う」

窪田は激しく首を振った。

「油屋久兵衛よりも遙かに年上の、その大名自身のご所望だそうな」

けれど、とお縁は震える声で言った。

「奥方さまはご健在でいらっしゃいます」

「無論だ」

「お待ちください、それでは縁談ではなく……」

「うむ、側室になれ、と。お紋にすれば、妾《めかけ》になれ、と言われたようなものだ」

吐き捨てるように窪田は言い、口調を改めて、こう繋いだ。

「お紋には、ああする以外に逃れる道はなかった――とまあ、すべてお前の推察通りだ」

お縁の唇がわなわなと震え出す。

「そのことを、岩吉さんは知っていたのでしょうか？」

「いや、それはない。ただ……」

何かを思い出そうとするように、窪田は再び眼差しを水の流れに向けた。残照に輝いていた水面も次第に暗みを増していく。

「そう、確かあの時、奴はこう言ったのだ。『お紋さんには、俺を髪切り魔にしておく抜き差しならない理由があったんでございますね』と」

「抜き差しならない理由が……」

その台詞を口の中で繰り返したお縁の双眸に、突然、涙が溢れた。お縁は、右手を唇にあてがい、窪田に小さく一礼すると、逃げるように走り出す。

「おい、正縁！　一体どうしたのだ？」

背後から聞こえる窪田の声を振り切って、お縁は但馬橋を渡りきった。

•

落日のあとの但馬橋の袂に、人影はない。螢狩りの夜の賑わいが嘘のようであった。お縁は、ひとり、川辺に佇んでいた。あの雨の夜、岩吉に助けられた場所だった。

――惚れた女のため。惚れた女のためなんだ、正縁さん
『俺を髪切り魔に仕立てることで、惚れた女が抜き差しならない状態から浮かび上がれるのなら、それで本望なんだ』

聞こえるはずのない岩吉の声が、お縁の耳元に届く。

馬鹿ね。

馬鹿よ。大馬鹿だわ。

胸の中でお縁は、そう毒づいた。

――惚れた女のためだなんて。そんなことで命を落とすだなんて

お縁は月明かりの中で、右の掌をそっと開いてみる。切った傷のあとが、今も親指の付け根に残っていた。痛むのか？　と心配そうに尋ねた男の眼差しが蘇る。

痛い。

痛くてたまらない。

お縁は、顔を歪《ゆが》めた。

ここでこうしていれば、また岩吉が自分を見つけてくれまいか。背中におぶって連れ帰ってくれまいか。

どうして、今ここにあの人はいないのだろう。父も岩吉も、大事な人はどうして皆、私を置いて逝《い》ってしまうのだろう。この胸の痛みは、一体何なのだろう。

襲いかかって来た深い悲しみに耐えようと、お縁は唇をきつく、きつく嚙み締めた。それでも悲しみが突き上げ、お縁の胸倉を摑んで揺さ振るのだ。堪えきれず、両手で顔を覆う。

その時、どこに潜んでいたのか、螢が一匹、弱々しく光りながら、お縁の傍を横切って、すっと天に舞った。しかしお縁はそれに気付かず、ただ、顔を覆って泣くばかりだった。

偽り時雨《しぐれ》

一

「後生《ごしよう》だよ。ねえ、後生だからさ」

青泉寺の表で、切羽《せっぱ》詰まった女の声がする。

湯灌場《ゆかんば》で桶《おけ》を洗っていたお縁は、何ごとかと手を止めて、耳をそばだてた。

「三昧聖《さんまいひじり》ってのに会いたいんだよ。会って頼まなきゃならないことがあるんだ。ねえ、何とか会わせておくれよ」

「よしなって」

突き放す口調で応じているのは、どうやら毛坊主の三太のようだ。

「わからねえのか？　お前みたいなのに係わられちゃ、青泉寺に迷惑が掛かるんだよ」

「どうしてだい。あたしが何をしたってのさ？」

「しつっこいな。いいから帰《け》ぇりな」

どさり、と何かが倒れる音がした。いけない、三太が相手を突き飛ばしたのだろうか？　お縁は慌《あわ》てて手を拭《ぬぐ》いながら立ち上がり、寺門めざして駆け出した。

「何も押すこたぁ、ないだろ？」

見ると、樒《しきみ》の茂みの中へ尻餅をついた形のまま、若い女が三太を睨《にら》んでいた。藍縞《あいじま》木綿《もめん》の袷《あわせ》の裾《すそ》は大きくはだけ、毒々しい緋色《ひいろ》の湯文字がのぞいている。長い距離を駆け通して来たのだろうか、かけおろしに結《ゆ》った髪は無残に潰《つぶ》れ、前に結んだ帯も半ば解《ほど》けかけていた。まさにどこかの岡場所から逃げて来た女郎、といった風情である。以前、内藤新宿の飯盛り宿から足抜けしてきた女を寺内に庇《かば》って、地廻りから大層な嫌がらせを受けたことがあった。それで、三太は係わり合いになるのを案じたのかも知れない。

「三太さん、どうしたの？」

少しの間、逡巡してから、遠慮がちにお縁は声をかけた。三太は慌てて振り返り、戻れ戻れ、というふうにお縁に向かって手首を捻《ひね》ってみせた。

「ちょいと、あんた！」

三太越しにお縁を認めた女が、素早く地面を這って、お縁の膝に縋《すが》る。

「あんたなら知ってるだろ？　三昧聖って人に会わせとくれよ」

「こら、よせって」

三太に後ろから衿《えり》を摑まれても、女はお縁の膝を離さず、逆に一層縋りついて懇願した。

「後生だからさ。恩に着るから」

両膝を女に抱きすくめられた形のお縁は、動くこともままならない。三太は、両手に唾《つば》を吐きかけて、ぱんぱんと威勢よく叩いた。力ずくで女を引き剝《は》がすつもりらしい。

手荒にしないで、とお縁が口を開きかけた時、お縁の後ろから声がした。

「中に入ってもらいなさい」

凜《りん》とした声の主は、青年僧の正念だった。

「ほんとかい？」

悲鳴にも似た問いかけに、正念は、しっかりと頷いた。ふっと、女の腕の力が抜ける。

「正念さま、しかし」

三太が当惑した声を上げる。毛坊主の不安を察して、正念は首を横に振った。

「よいのだ、三太。ともかく、そのままでは話も聞けない。正縁、泥を落としてあげなさい」

はい、と頷いてみせて、お縁は女の腕を取って立たせた。赤とんぼが四人の間を縫って、樒の枝の伸びる空へついと抜けて行った。

女は、「てまり」と名乗った。お縁に着物の汚れを落としてもらいながら、言いにくそうに話したところによると、神田明神《かんだみょうじん》門前の女郎宿「かがり屋」で客を取る身の上だという。

「何だろう、ちくちくすると思ったら衿にこんなものが」

てまりが枯れた木の実の殼《から》を示した。八角の果皮のそれは、お縁たちには親しみ深いものだ。

「ああ、それは樒の実だわ」

「へえ、樒の実ってこんななんだ。知らなかった。変わった形だね」

乾いた木の実を翳《かざ》すその仕草が愛らしい。髪の乱れを直し、着物を整えると、毒々しさは姿を消し、思ったよりも若いことが知れた。自分と同じ十八くらいだろうか、とお縁は見当を付けた。

「では、逃げて来たのではないのだね？」

通夜堂の一室で、正念にそう問われると、てまりはこっくりと首を縦に振った。夕刻までに戻る約束で、出て来たのだという。

「逃げたって行くあてなんてないさ。それに『かがり屋』の母さんは口煩《うるさ》いし強欲だけど、人でなしじゃないし」

これ美味《おい》しいね、とお縁に注《つ》いでもらった甘酒を飲んで、ようやくホッとした表情を見せるてまりの右頰に小さな笑窪《えくぼ》が出来ている。それに目を留めて、お縁はふんわりと微笑んだ。

青泉寺は内藤新宿に近いせいか、宿場女郎の亡骸《なきがら》が運び込まれることもままある。考えてみれば、新仏となった女郎を湯灌した経験はあれども、生きているものとこうした触れ合いを持つのが初めてのお縁だった。死人《しびと》のそれと違い、押せば戻って来るだろう柔らかな頰を見ているだけで、胸の奥が妙にくすぐったい。

「三昧聖に用があると聞いたが」

正念の言葉に、てまりははっとしたように持っていた湯飲みを置いた。

「そうなんだ。三昧聖に会わなきゃなんないんだよ」

てまりはさっと土間に下りると、正念に平伏した。

「この通りです。あたしをその人に会わせてください」

「わけを話してごらん」

正念に優しく促《うなが》され、てまりはおずおずと話し始めた。かいつまむと、こういう内容であった。

　かがり屋の通い女郎、おみのが病いに倒れてひと月近く。てまりたち仲間の必死の看病の甲斐《かい》もなく、今、その命の灯《ひ》が消えようとしている。おみのが虫の息で繰り返し頼むのが、下落合にいると聞く「三昧聖」による湯灌だった。本来ならおみのが息を引き取るのを待って、その亡骸をここまで運んで来るのが道理だが、女郎ばかりで戸板に乗せて、というのも無理な話。とすれば、何とかその三昧聖とやらに足を運んでもらって、おみのを湯灌してもらうよりほかないのだ。

「それにさ、おみの姉さんは、やっぱり神田で骨にしてあげたいんだよ。知らないとこじゃ、お浄土に行く道もわからないだろ？」

　てまりは、そう言って洟《はな》を啜《すす》り上げた。

「気持ちはわかるが」

　三太が、てまりの傍《かたわ》らに片膝をついて言った。

「生憎《あいにく》、神田に火屋はねえ。あの辺りだと、深川か浅草になるぜ」

「浅草、上等じゃないか」

　ぢん、と音を立てて手洟をかむと、てまりは三太を睨んだ。

「身を売るのは同じなのに、あたしらみたいな女はね、いっつも吉原から見下げられてんのさ。一生一度、吉原を下に見ながら煙になって昇って行けるだなんて、考えただけでも清々するよ」

言い終えると、てまりは懐《ふところ》に右手を差し入れた。そして、小さく畳んだ手拭いを取り出すと、思いきったように正念の前に差し出した。正念が、それを手元に引き寄せて中を開く。

あめ色に黒の斑《ふ》入りの小さな櫛《くし》が顔を出した。

「斑入りだけど、鼈甲《べっこう》だよ」

誇らしげに、てまりは正念を見上げる。

「あたしがひとつっきり持ってる、金目のものなんだ。釣りなんか要《い》らない、それを渡すから、三昧聖に来てもらいたいんだよ」

「とりあえず、これは」

正念は櫛を包み直すと、土間に下りて、てまりの手に握らせた。

「返しておくよ。今は住職が留守で、お前の申し出を受けるかどうか、返事が出来ないのだ」

「それじゃ困るよ」

べそをかいて、てまりは正念の法衣《ほうえ》の裾を摑んだ。

「おみの姉さんが、返事を待ってるんだ。息を引き取る前に耳元で『三昧聖が湯灌をしてくれるよ』って言ってあげたいんだよ。そうさせとくれよ」

正念が当惑した顔で、腕を組む。てまりはさらに言い募《つの》った。

「おみの姉さんは、本当は、あんなとこで死ぬ人じゃないんだ。もとはお武家なんだから」

お縁がはっと目を見開いたが、てまりは気付かない。

「お父っつぁんが仇討ちを果たせないまま死んじまったんで、国許に戻れなかったんだって。本当ならどっかのお屋敷の奥方さまになってたって不思議じゃないひとなんだ。あたしは何も出来ないけど、せめて、おみの姉さんの願いを叶《かな》えてあげたいんだよ」

仇討ちを果たせず死んだ、というてまりの言葉が胸に刺さり、お縁はそっと視線を落とした。妻敵《めがたき》討ちが仇討ちの範疇《はんちゅう》に収まるならば、お縁の父、矢萩源九郎もまた同じ身の上だった。

「そのおみのさん、というひとは、どうして三昧聖のことを知っていたのだろうか」

正念に問われると、てまりは摑んでいた法衣を放し、すっと背筋を伸ばした。

「客を取って生きてる女たちの間じゃあ知れた話なんだ。下落合にいる三昧聖はどんな身の上の女でも洗い清めてお浄土に旅立たせてくれる、って。三昧聖の手にかかると、苦界《くがい》に身を沈めた女でも、綺麗に輝くようになって旅立って行く、ってね。その話で救われた女は、おみの姉さんひとりじゃないよ。行く末は投げ込み寺きり、と思ってた女は皆、そうさ」

てまりの言葉は、湯灌に携わる三人の心に沁《し》みた。ことにそうした女たちを洗い清めて来たお縁の胸には強く響くものがあった。正念も三太も、そしてお縁も、しばし黙り込んだ。

「正念さま」

最初に口を開いたのは、三太だった。

「ひとつ考えてやっちゃあ、もらえませんでしょうか？」

てまりが、驚いて三太を見る。三太は、わざとそっぽを向いて言い添えた。

「そうまで思う気持ちを無下《むげ》には出来ねえ」

すんすん、と、てまりの洟を啜る音が洩れる。

お縁はお縁で考えていた。てまりは夕刻までに戻る、という約束で抜けてきたのだ。内藤新宿から東には出たことのないお縁には、ここから神田までどのくらいかかるかはわからない。だが、秋の日はつるべ落とし、そろそろここを立たねば刻限までに辿り着けないのではないだろうか。

「正縁」

組んでいた腕を解いて、正念がお縁を見た。

「お前はどう思う？」

お縁は、その場で膝を折ると土間に両手をついて正念を見上げた。

「青泉寺を離れることをお許し頂けますでしょうか？」

「というと？」

「はい。そのかたの湯灌をさせて頂きたいと思います」

お縁のその返答を聞き、てまりの両眼が零《こぼ》れ落ちそうなほどに見開かれた、

「そ、それじゃあ、あんたが？」

三太が、お縁の代わりに大きく頷いてみせる。

「そうだよ、この正縁が、お前の言う『三昧聖』さね」

丁度その時、玉砂利を踏みしめる複数の足音が聞こえて来た。毛坊主の市次と仁平を伴って出かけていた青泉寺住職、正真が戻ったのだ。

「私からお願いしてみよう」

心決めした口調で、正念は言った。

二

同じ江戸御府内でありながら、内藤新宿から西に暮らす者にとって、四谷大木戸というのは特別な場所だった。以前はそこで人々の出入りを取り締まっていたことから、大木戸の向こう側が江戸市中、という意識がある。木戸自体は取り壊されて久しいが、今も両側に残る石垣が江戸の内と外を結界のように隔てている。それまでの馬《ま》糞《ぐそ》だらけの土の道がいきなり石畳の道となることもあって、そこに足を踏み入れると晴れがましいような、背筋が伸びるような心持ちになるという。まさに今、その石畳を踏んだお縁は、しかし感慨に耽《ふけ》る余裕もなく、足早に歩を進めていた。先頭に立った正念が、背後のお縁とてまりを気遣いながらも、急《せ》いた足取りで歩いている。三人は夕刻までに神田に辿り着かねばならなかった。

話を聞いた正真が、正念の同行を条件に、お縁の申し出を許したのだ。彼はおみの の願いを叶えるべく、近隣の寺あてに仔細を綴った文を認《したた》め、それを正念に託した。

「坊主って、いけ好かない野郎ばかりと思ってたけど」

てまりが、小声でお縁に話しかける。

「そうじゃないって、よくわかったよ」

言って、てまりは懐に手を置いてみせた。中に、正念から戻された例の鼈甲の櫛が、大切に納まっているのだ。途中、落としはしまいか、幾度もそうして在りかを確かめる仕草をしていた。よほど大事な品なのだろう、と、お縁は優しい眼差しを娘に向けた。

塩町、伝馬町《てんま》、麹町《こうじまち》十三丁目と抜けて、外濠《そとぼり》にぶつかると四谷御門は目の前だ。しかし御門は潜《くぐ》らず、外濠の手前で左に折れる。

「このまま外濠沿いに北へ向かうからね」

お縁とてまりを振り向きながら、正念は励ますように言った。

市ヶ谷御門、牛込御門を右手に見ながら進むと、急に人通りが増す。川面ぎりぎりまで家屋が迫る揚場町《あげばまち》で、運び人足らが威勢よく舟の荷揚げを行なっていた。あれは木綿地だろうか、信じがたいほど段々に積み上げたものを器用に背中に乗せて運んでいる。初めて目にする光景に、お縁はつい、足を止めそうになり、てまりに腕を引っ張られた。

「よそ見してちゃ、置いてかれちまうよ」

「済みません」

頬を染めるお縁に、てまりは笑顔を向ける。

「三昧聖は、ここらは初めてなのかい？」

「ええ。大木戸からこちらに来たのは生まれて初めて。あの、てまりさん、私のことは、どうぞ正縁と呼んでください」

「あい。それじゃ正縁さん、急ごうよ」

正念の姿が人通りの中に見え隠れするのを見て、二人は慌てて後を追った。船河原橋を渡ると、風景は町家から武家屋敷へと姿を変える。正念の足は、慣れた道を行くように迷いがない。だが、お縁たちを振り返りもしないその背中に、緊迫した気配を感じて、お縁は言い知れぬ不安を覚えた。いくら先を急ぐとはいえ、いつもの正念らしくないのだ。水戸屋敷の延々と続く土塀を左に、三人は黙々と歩く。外濠は神田川となり、覗き込まねばその姿も見えないのに、下から吹き上げて来る川風が肌に冷たい。水道橋に差し掛かった時、ようやく正念が歩みを緩めた。

「ここまでくれば一安心だ。二人とも急かせて済まなかったね」

やれやれ、とてまりが上体を前に倒して大きく息を吐いた。

「二里半（約十キロ）はあったね。駆け通しだったから、くたくただよ」

ふと見上げると、空一面に鰯《いわし》雲が浮いている。その幾片かに夕映えの兆しが滲《にじ》む。

お縁は、うっとりと見とれていた。

「正縁、ご覧」

正念の指し示す先に大きな屋根が見えた。お縁にはそれが流《ながれ》造りの拝殿とも、霊《お》屋《たま》《や》とも判断がつきかねる。目を凝《こ》らすと、平地と松林が重なることから広大な敷地であることが知れた。

「湯島《ゆしま》の聖堂だ」

「聖堂？」

首を傾げるお縁に、答える正念の声が弾む。

「孔子《こうし》様をおまつりする廟《びょう》だよ。私塾も開かれていて、学問を志《こころざ》す者の聖地なのだ」

「正念さま、今は昌平坂学問所っていうんだって。おかみ直々の寺小屋だって聞いたよ」

てまりに言われて、正念は、そうだった、と低く呟いた。

「その奥が神田明神。あとほんの少しだね」

生き返ったような声で言うてまりの頰に、片笑窪が浮かんでいた。

神田明神の門前は参拝客を見込んで様々な商い店が軒を並べている。鰻《うなぎ》を焼く匂い、甘酒、天婦羅《てんぷら》を揚げる匂い等々、美味《おい》しそうな香りがお縁の鼻腔をくすぐった。つい、一軒一軒覗《のぞ》いてみたくなる己《おのれ》を、お縁は、いけない、いけない、と首を振りながら羞《は》じる。お縁の脇を通り抜けた職人風の男が、鳶《とび》姿の若者にぶつかった。

「何しやがる、このとんちき」

「手前《てめえ》から当たりやがって、その言い草は何でぇ」

たちまち、派手な取っ組み合いになる。出来た人垣をてまりがかきわけ、正念がお縁をかばって輪の外へ出た。

「驚かしちまったね、この辺りじゃ、いつものことだけど」

「いつも、喧嘩ばかりなの？」

お縁が目を丸くして問うと、てまりは声を落として言った。

「喧嘩だけならいいさ。今朝なんて、このあたりで殺しがあった、って話だ」

罰《ばち》当たりにもほどがあるよ、とてまりは吐き捨てた。雑踏を抜けると、妙にじっとりと湿った空気の小路に出た。

「こっちだよ」

てまりが、二人に手招きをする。その向こうに女郎宿が集まっている様子だった。

正念は、思案顔で横のお縁を見る。そうした場所をお縁に見せることを躊躇《ちゅうちょ》したらしかった。それを察して、お縁は「大丈夫です」というふうに、頷いてみせた。

かがり屋は、入り組んだ小路のどんつきにある二階建ての女郎宿だった。戸口を潜るといきなり三畳ほどの部屋があり、そこで客待ちをしていた二人の女郎が、てまりの姿を見るなり飛び出して来た。

「てまり！」

「おのぶ姉さんにひさえ姉さん。おみの姉さんの様子はどうだい？」

「昼に薬湯を飲ませたら、半分くらい飲み込めたかねえ」

おのぶが答えるのを聞いて、よかった、とてまりの両肩がほっとしたように落ちた。ひさえと呼ばれた女が、おどけた口調で言う。

「てまり、あんた、どうして戻って来たりしたんだい？　そのまま逃げちまえばいいものをさあ」

「ははばかりさま、あたしがおみの姉さんをほっぽり出して逃げるわきゃないさ。詳しい話は後だ、後」

てまりは言って、正念とお縁とを店の奥へ誘った。廊下も建具も拭き清められて埃《ほこり》の浮いたところがない。内所に通されたが、室内は小綺麗に整えられており、やはり塵《ちり》ひとつ落ちていなかった。先に、上がりの三畳で客待ちをする女郎たちを見ていなければ、小唄の師匠の家、と言って通りそうな居住まいのよさなのである。正念にもお縁にも、すこぶる意外なことだった。

女将が長火鉢の前で三人を迎えた。太織縞の藍紬《あいつむぎ》を隙《すき》なく着こなした、目に険のある女だ。正念が挨拶しようとするのを遮って、女将は、てまりに尖《とが》った声を放った。

「ここはいいから、とっとと仕度しな」

「あい。母さん、店に出る前に、この人たちをおみの姉さんとこに案内しても？」

ねだる口調のてまりに、女将は、わかったわかった、と邪険に手を払ってみせた。てまりが抜けた後、正念から改めて挨拶がなされたが、女将は気のなさそうな顔で聞いていた。

「てまりさえ戻れば、こっちには何の不足もござんせんよ。おみのには前借もないことだ、当人が望むならその何とか聖に湯灌だろうと何だろうとしてもらって構やしない。ただし、こっちは一文たりとも出すつもりはござんせんからね」

正念の話が終わると、女将はそれだけを言って、苛立たしそうに火箸《ひばし》で冷たい灰をかき回した。『かがり屋』の母さんは口煩いし強欲だけど、人でなしじゃないし――そう話していたてまりの言葉を思い出して、お縁はなるほど、と得心した。

通い女郎のおみのの住まいは、神田明神下を抜けて妻恋坂《つまごい》を上った途中にあるのだという。てまりの案内で、二人は潤朱色《うるみしゆいろ》に染まる妻恋坂を上っていく。たっぷり二町分はあるだろう坂は、頂上がそのまま西の空に吸い込まれてしまいそうに見える。どこまで上るのだろう。下落合の坂道で鍛《きた》えたお縁の足も、さすがに疲れて重くなるばかりだ。お縁は、無理にも明るい声を出した。

「妻恋坂。きれいな名前の坂ですね」

「あの辺りに妻恋稲荷があるからなのだよ」

正念が坂の頂上を指して答える。

「亡くなった妃《きさき》、弟橘媛命《おとたちばなひめのみこと》を慕《した》い悲しむ日本武尊《やまとたける》の思いを慰めるために奉《たてまつ》った、と聞いている」

それで妻恋か。お縁は思わず手をぽん、と叩いた。てまりが、感心した顔で正念を見る。

「驚いた。正念さまは物知りだねえ。それに道にも詳しいし、まるで土地者みたいだ」

土地者、という言い回しに、わずかだが正念の表情が翳《かげ》ったのを、お縁は見逃さなかった。

そう言えば、ここに来る道中、正念は一度も迷わなかった。長く下落合に住み、滅多に江戸市中に足を運ぶこともないはずが、まるで熟知した道を歩くような足取りだった。そう、それに聖堂のことを話す時も、どこか懐かしげでさえあった。

――正念さまは、もしや江戸のひとでは？

ふと、そんな思いが芽生えたが、お縁は慌てて自分を制した。正念が青泉寺に至った経緯、それまでどこに暮らし、どんな職にあったのか、お縁は何ひとつ知らなかった。だが、生い立ちについて正念自身が語らぬ以上、こちらから立ち入ってはならない。興味を持つことさえ、正念への裏切りのように思うお縁だった。

「こっちだよ」

妻恋稲荷の手前で、てまりが右手に入る路を示した。覗いてみると、妻恋坂の緩い傾斜と違い、勾配の強い坂になっている。

「これは、なかなか厳しい。正縁、大丈夫か？」

正念が坂道を上りながら、お縁を振り返る。

「ほら、こうやって足の爪を立てて上らなきゃなんないから、ここは『立爪坂《たてづめざか》』って呼ばれてるんだよ」

　てまりが、息を切らせながら言った。

　片側には妻恋稲荷の生垣が黒々と迫り、もう片側には裏店《うらだな》が押し合いへし合い、斜めに建っている。どこの夕餉《ゆうげ》か、味噌汁を温めなおした匂いが漂っていた。その坂を上りきって左に曲がり込んだところに、一軒の家があった。いや、小屋と呼んだ方がいい。接《つ》ぎ板を張り巡らせたところへ屋根をちょいと乗せただけの簡素な造りのそれは、体当たりでも食らわせればぱたりと倒れてしまいそうな頼りなさだった。

「おみの姉さん、あたしだよ」

　てまりが言って、建て付けの悪い戸を難儀しながら開けた。中は真っ暗で人の気配がない。姉さん、と震える声で呼びながらてまりが中に転がり込む。間に合わなかったのか、とお縁は暗い顔になった。姉さん、姉さん、と今にも泣き出しそうなてまりの声が響く。

「てまりかい」

　闇の奥で微《かす》かに声がした。

「すっかり眠ってしまって」

　弱々しい小さな声だった。

「もう、おみの姉さんのばか、あたしのいない間に死んじまったのかと思ったじゃないかあ」

てまりのくぐもった泣き声が聞こえる。布団に顔を押し付けて泣いているのだろう。正念とお縁は、同時にほっと安堵の息を吐いた。

てまりはことの次第をおみのに話し、行灯《あんどん》に火を入れてから、正念とお縁を中に招き入れた。魚油の燃える臭いが、つんと鼻を突く室内。畳のない剝《む》き出しの板敷に薄い布団が敷かれており、そこで上体を起こしたおみのが二人を迎えた。

「みのと申します。遠方よりお越し頂いて申し訳のないことです」

深々と頭を下げるおみのに、正念が慌てて、

「無理は禁物です。いいから横になりなさい」

と命じた。

それでもなお顔を上げないおみのを、てまりが無理矢理に布団に戻して夜着を掛けた。垂れ髪が病みやつれたおみのを幽鬼のごとく見せていたが、薄暗い灯りの下でも、目鼻立ちの整った美しい女と知れた。心の臓が弱り、全身衰弱に至った、との医者の見立てをてまりから聞いていた。

「三昧聖というのは？」

おみのの問いかけに、お縁は少しだけ身を乗り出して答えた。

「私です」

「てまりから聞きました。私の湯灌をお引き受け頂ける、というのは本当でしょうか？」

おみのが、お縁を見つめて問うた。お縁は、その視線を受け止めて、深く頷く。

「はい。精一杯、務めさせて頂きます」

お縁の返答に、おみのは吐息とも感嘆ともつかない声を出した。

彼女は横になったまま、そっと両手を合わせて、ありがとうございます、ありがとうございます、と口の中で繰り返した。

「てまり、どうしよう。困ったわ」

おみのがてまりを呼び寄せて、掠《かす》れる声で言った。

「三昧聖に湯灌を引き受けてもらえた、と知ったら、胸の痞《つか》えが取れたみたいで、少し元気になってしまったの」

「姉さんたらぁ」

てまりが泣き笑いの顔になった。ごめんね、てまり、と詫びる声に力がある。これは案外、持ち直すかも知れない、とお縁はほっとした。

「それは何よりだ。気をしっかり持つのだよ」

優しく言うと、正念は、脇に控えているお縁に頷いてみせた。お縁はそっと立ち上がって、半分放たれたままの戸から外に出る。漆黒《しっこく》の空に煌々《こうこう》と月が輝き、道端に小さな影を作った。

「正念さま、このまま青泉寺へ戻るのですね？」

姿を見せた正念に、お縁は小声で尋ねた。おみのの様子から、臨終にはまだ大分、間があると踏んだお縁だった。だが、正念は首を横に振る。

「亡くなる直前に、いっとき生気を取り戻すのは病人にはよくあること。寺が気がかりなので私は青泉寺に戻るが、正縁、お前はしばらく残りなさい」

えっ、とお縁は思わず双眸を大きく開いて、正念を見た。

「すぐ傍に青泉寺と係わりのある寺がある。わけを話して、そこに泊めてもらうよう手配をするから」

「けれど正念さま」

「いいから、聞きなさい」

正念は、住職から出来うる限りの尽力をするよう言われていること、また、先に訪れたかがり屋の様子を見て「これなら正縁がかかわったとしても大丈夫」と思ったことなどを淡々と告げた。

青泉寺に拾われて以来、正真や正念と離れたことのないお縁は、おろおろとうろたえるばかりだ。

「それに、正真さまも以前から気にされておられることなのだが」

言おうか言うまいか躊躇《ためら》いでもしたのか、短い沈黙の後、正念はお縁の顔をじっと覗き込んでから、言葉を繋いだ。

「桜花堂との縁が切れて以来、正縁が俗世に触れる機会はあまりない。だが、本当はもっと世の中を見ておく必要があるのだよ。歳の近い者と話したり、互いに何かを分かち合ったりすることが、人としてとても大事なのに、青泉寺に籠《こも》っていては、それが出来ない」

葬送にかかわって死者を浄土に送る手伝いをするが、三昧聖は、出家者ではない。三年前、出家を望み髪まで落としたお縁を、しかし正真は、三昧聖とするに留めた。その後、「正縁」という名を授かったが、お縁はいまだ三昧聖のまま置かれている。そこには、実母と知れたお香との暮らしを取るもよし、未熟なうちに道を定めてしまわぬように、という師の深い配慮があった。

「正縁は残るんだ。いいね？」

念を押す正念に、お縁は、弱々しく頷いて項垂《うなだ》れた。正念はそんなお縁を促して、中に戻った。

「だったら」

お縁が残ると聞いて、てまりは、嬉々として提案する。

「ここに泊まればいいよ。ね、そうして貰おうよ、おみの姉さん」

「けれど、こんなあばら家では申し訳ないもの」

おみのが弱々しく首を振った。

「それに、病い持ちと一緒なのは気詰まりでしょうし」

「病人がそのようなことを気遣う必要はない。ただ……」

正念は視線を周囲にめぐらせて、考え込んだ。このあばら家ではいかにも無用心、とお縁の身の安全を慮《おもんぱか》っているのだろう。お縁はお縁で、これから下落合まで帰る正念のことを気遣った。

正真が書状を認めた先は浅草の火葬寺で、それは正念がお縁を預けようとしている寺ではない。つまり、正念はこれから二つの寺を回って、事情を説明し、各々の段取りをつけねばならないのだ。正念の気疲れは並みではないだろうし、夜四ッ（午後十時）ともなれば市中の木戸という木戸は閉ざされてしまう。彼女は身体ごと正念に向き直って、板敷に手をついた。

「正念さま、おみのさんのお許しが頂けましたら、私はこちらにお世話になりたいと思います」

てまりが、やったやった、と手を叩いた。

月明かりの下、三組町の手前まで見送りに出たお縁を振り返って、正念は苦笑した。

「あまり不安そうな顔をするのではないよ。先に話した寺は、この通りに沿って行けばすぐだ。何かあれば駆け込めるように話を通しておくから」

それから、と正念は懐から括《くく》り巾着《きんちゃく》を取り出し、中からわずかばかりを取ると、あとは巾着ごとお縁に渡して寄越した。

「持っておきなさい。下落合とは違って、江戸では何かと物入りだ」

「いえ、これは正念さまがお持ちください」

「遠慮するほどは入っていない。何か美味《うま》いものをおみのさんに食べさせてあげるといい」

五日のちに迎えに来る、という正念の言葉を胸に、あばら家へ戻ると、てまりは店に帰った後だった。

「あの子が何かこしらえてたみたいなのだけど」

布団からおみのが手を差し伸べて、板敷にこんもりと置かれた布巾《ふきん》を示した。布巾を取って見ると、平皿に、冷や飯で握った小さな握り飯三つと沢庵《たくあん》の尻尾が載っている。お縁は急に空腹を覚えて、合掌すると握り飯をひとつ、頬張った。きつめに塩が利いて、何とも美味い。

「美味しいです」

「そう、よかった。その隅に汲み置きの水があるから」

辛《つら》そうに言って、おみのは灯りに背を向けた。

腹ごしらえを終え、絞った手拭いで身体を拭くと、お縁は板敷に横になった。灯りを消しても、節穴から差し込む月光で室内は充分に明るかった。隙間風が冷たくて、手足をぎゅっと縮める。ふと、てまりのことを思った。今日一日で神田と下落合を往復し、くたくたに疲れているだろうに、今頃は客を取らされているのだ。自分だけが楽をしているようで、お縁は喉《のど》の奥が苦くなる。だが、それも束の間、彼女は落ちるように眠りについた。

三

なあっとなっとう、なっと

納豆売りの声に、お縁は、はっと目覚めた。違う、ここは青泉寺ではない。お縁は一瞬、自分がどこにいるのかを忘れ、がばと身を起こした。部屋の隅に敷かれた布団に、こちらに背を向けた女が横たわっているのを見て、昨夜のことを一気に思い出した。気が付くと、身体に海老《えび》色の小袖がかけられている。身体を縮めて眠るお縁を見て、おみのが掛けてくれたに違いなかった。あの身体で起き上がるのは辛かっただろう。お縁はそっと小袖を畳むと、おみのの方へ這って行き、様子をうかがった。浅い寝息が洩れている。よかった、と、お縁は胸を撫で下ろした。

たまごぉたまごぉ、たまごやたまご

今度は玉子売りが、立爪坂を上がって来たようだ。

白粥《がゆ》に玉子を落としたのを食べたら精がつくかも知れない。お縁はそう思いつくと、正念から預かった巾着を握り締めて、立ち上がった。脇の笊《ざる》を手にすると、建て付けの悪い戸を注意深く開け、玉子屋を追いかける。玉子屋に教わって、妻恋坂の米屋で米をほんの少し買い、ついでに棒手振《ぼてふ》りから青菜も手に入れた。

「おみのさんの知り合いかい？」

井戸端を通りかかった時に、洗い物をしていた女がお縁にそう声をかけて来た。おみのの家から出て来る時から見ていたのだろう。

はい、とお縁が頷くと、その尼そぎの髪を珍しげに眺めてから、おみのの具合を尋《たず》ねた。お縁が、はかばかしくない、と答えると顔を曇らせる。

「寝込む少し前だったかねえ、夜中にこの井戸で水浴びをしていたんだよ。冷える日だったのに、髪まで崩して、ざあざあと派手に。あれが障《さわ》ったんじゃなかろうかねえ。まあ、商売が商売だからねえ、水浴びしたくなるようなこともあるだろう、とあまり気にもかけなかったんだけどさ」

女は、ふと、お縁の笊の中のものに目を留めて、豪勢だね、と言った。夏の水害で米の値はうなぎのぼりだった。

「粥を炊くのかい？　だったらうちの行平《ゆきひら》を使うといい。おみのさんとこにはないからね。今、持って来るよ」

春を鬻《ひさ》ぐ女郎に対する堅気の目は決して優しくはない。けれど、おみのが風通しのよい近所付き合いをしていることが女の口調から窺《うかが》い知れて、お縁は他人事《ひとごと》ながら安心したのだった。

「美味しい」

行平鍋から装《よそ》った粥を一口食べてそう漏らすと、おみのは早くも箸を置いた。せめてもう一口、と祈るお縁の願いも空しく、再び箸を取る気配はない。

「玉子、炒《い》ってみたんですけど、そのまま落とした方がよかったでしょうか？」

食べやすいように、と炒り玉子にしたことを悔いて、お縁が問うた。違う違う、と弱々しく首を横に振って、おみのは言った。

「もうあまり物が喉を通らないの。せっかくのご馳走だもの、温かいうちに正縁さんが召し上がれ」

「では、てまりさんを待って一緒に」

「朝寝して湯へ行って、それからだから、あの娘《こ》を待っていたらお昼になってしまう。お上がんなさいな」

おみのは言って、大儀そうに横になった。仕方なく、お縁は箱膳を引き寄せ、合掌して箸を取る。炒り玉子を散らした粥はほんのりと甘く、小躍りしたいほど美味い。青菜の煮浸しもいい味加減だ。自分で作っておきながら、思わず目を細めるお縁だった。その様子を横になったまま見つめていたおみのが、ほんのりと笑う。

「正縁さんは、幾つ？」

「十八です」

「そう。なら、てまりと同じね。私より四つ下。ねえ、一体、どうして髪を？」

問われたお縁は、困った顔で箸を置き、おみのを見た。髪を下ろした訳をどう答えていいのか、お縁にはわからなかった。青泉寺の湯灌場に立ち続けるため、と答えれば、ならどうしてそうしたいのかを問われるだろう。自らの生い立ちを話したくはなかった。適当な嘘を言う知恵も、持ち合わせていない。

「いいの、いいの。話したくないならそれで」

「済みません」

頭を下げるお縁に、おみのはもう一度「いいのよ」と首を振り、逡巡しながら言った。

「てまりから、私のこと、その……何か、聞いているかしら？」

お縁は、迷った末に、消え入りそうな声で、

「もとはお武家、とだけ」

と答えた。おみのは、重い吐息をつく。

「もう昔、昔のことよ。今じゃあそんな面影なんて微塵《みじん》もありはしないもの」

おみのさんはそれを打ち消してもらいたいのだ、とお縁は感じて、

「そんなことはないです」

と、強い口調で言った。

「本当に？」

おみのは、どこにそんな力が残っていたのか、と思うような勢いで身を起こし、両の膝でお縁ににじり寄った。

「本当にそう思う？」

こっくり、と頷いてみせるお縁の手を取り、顔を覗き込んで、

「どうして？　ねえ、どうしてそう思うの？」

と、畳み掛けた。

恐いほど真剣な眼差しだった。お縁は視線を落とし、おみのの色の悪い、けれど美しい形の爪を見つめて思案する。

見た目の美しさを褒《ほ》めたところで、おみのは納得しまい。お縁は、ふと、ふみのことを思い出した。さる藩主の正室で、お縁に乳母《うば》の湯灌を委《ゆだ》ねたふみは、お縁が武家の娘であることを見通した際に、こんなことを言っていた。

――立ち居振る舞いに滲む出自《しゅつじ》というものは隠せぬもの
お縁は、顔を上げ、おみのの瞳をしっかりと見据えて、言った。

「おみのさんの、優しい言葉遣いや仕草、きめ細かな心配りに自《おの》ずと滲むものがあるからです」

みるみる、おみのの双眸が潤《うる》む。おみのはお縁の手を握り締めたまま肩を震わせて泣いた。

「報《むく》われた……その一言で、報われたわ」

絞るような声でそう言って、あとはすすり泣くばかりのおみのの背中を、お縁は黙って、そっと撫で続けた。


てまりが顔を出したのは、その日の昼過ぎだった。

「水菓子屋で見つけたんだよ」

よく熟《う》れた柿を差し出す、その手首に赤く蚯蚓腫《みみずば》れが出来ているのをお縁の目が捉えた。

「てまりさん、それ、痛そうだわ」

「ああ、これかい？」

眉根を寄せて、てまりが手首を上げる。

「夕べの客にやられたのさ。縛るのが好きなんだって。銭離れがいいもんで断われないのさ。けど、こうして跡が残るのは嫌だ嫌だ」

色んなお客がいるからね、とおみのが小さく相槌《あいづち》を打つ。

お縁は何と応えていいかわからず、そう、とだけ漏らして柿を手に取った。食べやすく割って、皮を剝《む》いたのを平皿に盛ると、おみのがその一片を口にした。

「おみの姉さんが食べてくれた」

それだけで、てまりは余程嬉しいのか、うっすらと涙ぐみ、それを誤魔化《ごまか》すように自分も柿をむしゃむしゃと食べた。

「てまり、頼みがあるんだけれど」

途端に、てまりは、おみのの枕元に転がって行った。その姿は、千切れんばかりに尾を振る子犬のようだった。

「あい、何でもするから言っとくれな、姉さん」

「正縁さんに湯屋を教えてあげて」

「いえ、昨夜、身体を拭きましたし、私はこのままで」

慌てるお縁を制して、おみのは、てまりに重ねて頼んだ。

「そうそう、あそこまで行くなら、折角だし、明神様へも連れてってておあげなさいな」

「そりゃ構やしないけどさ、けど……」

てまりは、愚図愚図《ぐずぐず》と袷の袖を弄《いじ》っている。おみのは、ほのかに笑った。

「私のことなら心配ないわ。今日はとても気分がいいんだもの。ね、正縁さんもそうして頂戴な」

おみのにそこまで言われては、てまりもお縁も頷くしかなかった。

「てまりさんは、おみのさんのことが好きなのねえ」

並んで妻恋坂を下る道中で、お縁はそう漏らした。てまりは、好き？　と口の中で呟き、足を止めてお縁を見た。

「ううん、正縁さん、好きとか嫌いとかじゃないんだ。あのひとはあたしにとって神様みたいな人なんだよ」

「神様？」

うん、とてまりは頷いた。

「あたしはね、十二で養い親に湯島の岡場所に売り飛ばされたのさ。そしてその日のうちに客を取らされた。最初の客は寺の坊主だよ。湯島から御箪笥《おたんす》町、それに今のかがり屋。店を移るたびに前借が増えるばかり。『苦界《くがい》』っていうけど、その通りだとつくづく思うのさ」

湯灌場買いの信吉に手籠《てご》めにされかかった時の光景が蘇《よみがえ》って、お縁は、思わず目を伏せた。

「けどね、おみの姉さんも同じ苦界にいるんだ、と思うと、あたし、どんなことでも辛抱出来るんだ。立派なお侍の家に生まれ育ったおみの姉さんが、同じ目にあっている。生みの親の顔も知らない、養い親に売られたあたしと。そう思うと、どんなに嫌なことも呑み込めるのさ。だから、姉さんはあたしにとっての神様なんだよ」

そう話すてまりの頰に、秋の日差しが優しく降り注いでいる。お縁はふいに涙ぐみそうになり、それを悟られぬように、行きましょう、とてまりを促した。

「一緒に湯に付き合いたいのだけど」

明神下御台所町の湯屋の前で、てまりはすまなさそうに言う。

「昨日の今日だろ？　あまり長く店を空けていられないんだよ。母さんが口煩くてさ」

お縁は、ひそやかに首を振ってみせた。

「場所を教えて貰っただけで充分よ。私もおみのさんが心配だし、お湯はまた今度にする」

そうかい？　と、応えるてまりの右頬に笑窪が出来ていた。

「だったら、明神様にお参りしてから戻りなよ。姉さんもそう言ってたし、あたしもそれくらいなら付き合えるから」

さ、こっちだよ、というてまりに付いて少し戻ると、同朋《どうぼう》町と御台所町の間に西へ抜ける路があった。そのどん詰まりに急な段々坂が見える。その坂を上ると神田明神なのだ。

「大きいのねえ」

坂を上りきったところに植えられた大銀杏《いちょう》の木を、お縁は感心して見上げる。だろう？　とてまりが自分の手柄のように鼻を高くする。黄色く色づいた葉が、風が吹くたびにひらひらと舞い落ちた。

「正縁さん、ちょいとあっちを見てご覧よ」

てまりに言われて、東南の方角に目をやったお縁は思わず息を呑んだ。幾重にも重なった町屋の屋根の向こう、大川が晩秋の日差しを浴びて煌《きらめ》きながら大海へと注ぐ様子が見える。幾艘もの舟が木の葉のように浮かんでいる。目を凝らすと、海の果てに島影が霞んでいた。

「上総《かずさ》、それに安房《あわ》だよ。こっちから見えるってことは、向こうからも見えるってことで、あそこからこの大銀杏を目印に舟が来る、と聞いてるよ」

そう聞いて、お縁は落ちている銀杏の葉を一枚、拾い上げると袂《たもと》にしまい込んだ。

半月ほど前に祭りが終わったばかりというのに、神田明神は大層な人出であった。

本殿で、てまりは随分長く手を合わせていた。

お縁は何度も顔を上げて、てまりの祈りが終わるのを待たねばならなかった。

「若い娘さんも多く見えてるのねえ」

「明神様は縁結びの神様でもあるからね。ここで願掛けすれば好きなひとと添えるんだよ」

さり気なく言ったつもりだろうその声に、熱があった。

おや、と思い、お縁は、てまりの横顔を見つめた。それに気付いて、てまりは照れたように笑う。

「可笑《おか》しいだろ？　こんなあたしにも『いいひと』がいるんだよ。あたしみたいなもんでも構わない、って。店を引かせる銭を溜めるんで待っててくれ、と言われてね。女郎宿の男と女に実なんてない、って皆、嗤《わら》うけどさ」

てまりは、この櫛をくれたひとだよ、と懐にそっと手を置いた。

「菊次《きくじ》っていうんだ。売れば身請け銭の半分は賄《まかな》える、って、これをあたしにくれたんだよ。だから、あたしは、あのひとの帰りを信じて待ってる」

その大事な櫛を、このひとは、おみののために手放そうとしたのだ。お縁は、胸が詰まった。仏性、という言葉は、てまりのような心映えを言うのだ、としみじみ思う。

「菊次さん、今はどこに？」

「上方に仕入れに行っているんだ。もうじき、ひと月になるかな。小間物を商っているのさ」

「そう。なら、てまりさん、ゆくゆくは小間物屋の女将さんね」

お縁にそう言われ、てまりは耳まで染まった。その時、外が騒がしくなり、参拝客たちが何だ何だ、と走り出した。お縁たちも釣られて動いた。

「邪魔だ、どけどけ」

藍木綿の小袖を尻端折《しりはしょ》りした体格のいい男が、老いた棒手振りを小突いて、無理矢理に歩かせている。それを目にした途端、てまりが飛び出して行き、男と老人の間に割って入った。

「卯之《うの》さん、乱暴はおよしよ。相手は年寄りじゃないか」

「うるせえ、こいつは御用の筋だ、女郎風情が口出しすんじゃねえ」

卯之さん、と呼ばれた男は、てまりを乱暴に突き飛ばして、老人の腕を摑むと引き摺って行った。

「てまりさん、あのひとは？」

手を貸しながら尋ねたお縁に、てまりは忌々《いまいま》しげに答える。

「地廻りの卯之吉《うのきち》って野郎だよ。どっちつかずの上前を撥《は》ねる鼠のくせして、何か事があるとおかみの手先になる。どっちつかずの卑怯者さ。昨日、人が殺された、って話したろ？　あいつは手柄が欲しいのさ。だから手当たり次第にああやってしょっ引いてんだ」

門前で、お縁はてまりと左右に分かれた。雑踏の中で振り返ると、人波を縫って歩くてまりの小さな背中が見え隠れしている。儚《はかな》げで心細そうで、思わず後ろから抱きとめたくなるような。あんな背中をしていたんだ、とお縁は思い、立ち止まって見送った。

帰り道、お縁は立爪坂を素通りし、妻恋稲荷に立ち寄った。広い敷地に思いがけず小さな祠《ほこら》がお縁を迎える。慎ましやかなたたずまいが逆に「妻恋」の切なさを思わせてお縁には好ましかった。祠に手を合わせ、おみのとてまりの幸せを祈る。

――報われた……その一言で、報われたわ
――立派なお侍の家に生まれ育ったおみの姉さんが、同じ目にあっている。そう思うと、どんなに嫌なことも呑み込めるのさ
おみのとてまりの声が交互に蘇り、お縁は妙な心持ちになった。
武家の出自、ということが、おみのはもとより、てまりにも、生きるよすがとなっている。その事実が奇妙でもあり新鮮でもあった。
武士でなければ、妻敵討ちなどにとらわれず、再生の道もあっただろう父。武家の娘でなければ、好きな男と添いとげられたかも知れない母。それを思うと、武家という出自に何の輝きも見い出せないお縁であった。しかし、もしかするとそれは、青泉寺で正真や正念、という大きな存在に守られて、お縁自身が平穏に暮らせているからなのかも知れない。てまりの小さな背中を思い出し、お縁は一層身を屈めて祠に祈った。
「正縁さん、寝てしまった？」
闇の中でおみのの声がする。うとうとしていたお縁は慌てて身を起こした。

「気分でも悪いのですか？」

ううん、違うの、と、首を振る気配がした。

「私、うっかりしていたわ。あなたにお銭《あし》を使わせてしまった。行李の底に貯《たくわ》えが入っているから、取っておいてね。これから何かを買う時も是非、そうして頂戴な」

念押しをされて、お縁は仕方なく、はい、と遠慮がちに返事をした。安心したのか、軽く吐く息が洩れた。

「私ね、前は息をするのもやっとだったのに、今は違うの。随分と楽なのよ。正縁さんのお陰ね」

夕餉に用意した餡《あん》かけ豆腐を、ほんのひと匙《さじ》だが口にしたおみのだった。お縁が来るまでは薬を飲み下すのがやっと、ということだったから、もしかすると本当に快復に向かうかも知れない。お縁は嬉しくなって、弾んだ声で言った。

「きっとよくなりますよ。おみのさんがお元気になられたら、てまりさん、大喜びでしょうね」

そうね、と小さくおみのが応える。

「てまりさんがおみのさんを慕《した》う様子、見ていて胸が熱くなります」

そうね、とまた、おみのは小さく応えた。

屋根に雨粒のあたる音がしたかと思うと、いきなりざあざあと激しい音に変わった。通り雨らしい。節穴から雨の匂いが部屋中に満ちてくる。その匂いを嗅ぎながら、お縁は瞼《まぶた》を閉じた。瞼の裏に、てまりと自分、それに元気になったおみのが連れ立って明神様に続く段々坂を上っている光景を思い浮かべて、眠りについた。

ほどなくお縁が軽い寝息を立て始めたのを知って、おみのは、くっと声を漏らした。二度、三度、喉はくっくっと鳴った。おみのは慌てて夜着に潜り込み、声を忍んだ。おみのの嗚咽《おえつ》は、しかしお縁の健《すこ》やかな眠りを妨げることはなかった。

四

翌朝、からりと晴れた神無月《かんなづき》（十月）ついたち。この日を境に炉開きが行なわれ、江戸は本格的な冬に入るのだ。亥《い》の日に火を使うと火事を出さない、と言われ、庶民の間ではこの月の二度目の亥の日から火鉢を使うしきたりがあった。そろそろ用意だけでもしておこうかしら、とお縁は井戸端で茶碗を洗いながら思案していた。

「あら？」

若い女がぬかるんだ立爪坂をつんのめりながら上って来る。その顔に見覚えがあった。茜《あかね》色の友禅をだらりと来て前に帯を結んだ女は、かがり屋で、確か、ひさえと呼ばれていた人ではなかったか。お縁は立ち上がって、会釈した。女はお縁を認めると、駆け寄ってその腕を摑んだ。

「あんた、一昨日『かがり屋』に来た三味聖だよね？　そうだね？」

押し殺した声だった。おみのの家を気にする素振りをしている。

「ええ。ひさえさん、でしたね？」

何か理由があるのだろう、とお縁も低く囁く声で問い返す。ひさえは頷くと、おみの姉さんの容態はどうだい、と重ねて尋ねた。

「随分と楽になった、と仰っています」

答えるお縁にほっとした表情を見せると、ひさえはお縁の腕を摑んで隠れるように井戸端にしゃがんだ。

「だったら、あんた、抜けて来られないかい？　実はてまりがえらいことになっちまって」

「えらいこと？」

「ああ、さっき、番屋へしょっ引かれちまったんだよ」

お縁はぎょっとして、瞳を見開いた。

ひさえの言うには、今朝方、地廻りの卯之吉がかがり屋へやって来て、女将の制止も聞かず、てまりを自身番に連れて行ったとのこと。何でも二日前に明神様の鳥居の前で殺されていた男の身元がようよう割れたが、菊坂町の貸し本屋で万蔵《まんぞう》というその男、てまりの昔馴染みだったそうな。

「馴染み、といったって御箪笥町の頃のことだよ。一、二度、うちの店に来たこともあったらしいけど、それだけなんだ」

ひさえの話に、それなら多分、とお縁が半ば安堵した口調で言う。

「何か手がかりになる話をてまりさんから聞き出すために自身番に連れて行っただけでは」

「それが違うから困ってるんじゃないか」

ひさえは激しく首を振り、お縁の言葉を遮った。

「万蔵が殺されたその日に、あの娘が下落合に出かけたことで、妙な疑いを持たれてしまったらしいんだよ」

「そんな……殺して、身を隠すために逃げた、とでも？　その日のうちに戻っているのに？」

無茶苦茶な話だ。しかし、昨日、偶然目にした卯之吉、棒手振りの老人を引き摺っていたあの男を思い出すと、そんな理不尽もまかり通ってしまう気がして、お縁はぶるっと身震いした。

「ひさえさん、自身番に連れて行ってください」

おみのには湯へ行くことにすればいい。

お縁は素早く立ち上がって、襷《たすき》を解いた。


「おいおい、ここは番屋で湯屋じゃねえぜ」

自身番の戸口の前に立ちはだかった卯之吉が、桶と手拭いを手にしたお縁を見て、せせら笑う。お縁の後ろに隠れるようにしているひさえに気付いて、おっ、という表情になった。

「何だ、かがり屋のひさえじゃねえか。ってことは、おめえは新顔か？　比丘尼《びくに》とはまた、女将も面白い趣向に手ぇ出したもんだ」

卯之さん、と慌ててひさえが飛び出した。

「この人は違うんだよ。てまりが迎えに行った、下落合の三昧聖さ」

「三昧聖？　ああ、屍《かばね》洗いか」

明らかに蔑《さげす》む口調だった。お縁は穏やかな眼差しを彼に向ける。卯之吉は、さらに侮蔑《ぶべつ》する言葉を投げつけるつもりか、口を曲げてお縁を見下ろしていたが、お縁にじっと見つめられて、居心地悪そうに視線を逸らした。

「てまりさんのことでお話しさせて頂きたいのです」

「それにゃあ及ばねえ。とっとと山へ帰えんな」

その時、がらりと引き戸が開いて、三十がらみの侍が顔を出した。

「卯之吉、どうした」

「新藤《しんどう》さま、へえ、何でもございやせん」

卯之吉が、慌てて腰を屈める。相手は新藤松乃輔《まつのすけ》、定廻り同心だった。彼の腰に差された十手の朱房に目を留めて、職の見当をつけたお縁は、その場に平伏した。

「てまりさんをお解き放ち頂きたく、お願いに伺いました」

「その方は?」

「下落合は青泉寺の、正縁と申します」

「卯之吉が屍洗い、とか申しておったが」

「青泉寺の湯灌場で湯灌を任されております」

新藤は少し考え込んで、まあよい、話を聞こう、とお縁に声をかけた。慌てて遮ろうとする卯之吉を目で制して、新藤は、顔を上げたお縁に、中に入れと手招きしてみせた。

自身番は入ってすぐが三畳敷きの部屋。紙の貼られていない腰高障子で仕切られているが、その奥に同じく三畳ほどの、こちらは板敷きの部屋があり、拘置されているてまりの背中が見えた。声をかけようとするお縁に、新藤は首を振った。彼は黙ってお縁に部屋の隅を指した。そこに控えていろ、という意味らしい。頷いたお縁を見て、新藤は卯之吉を連れててまりのいる奥の間に入った。

「お侍さま、正縁さんは？」

「隣の間に待たせてある」

「あの人は、かがり屋とは何の関係もないんだ。手荒な真似は止めてください」

吉原と違い、岡場所は幕府から公認されていない。摘発を受けて捕まれば、向こう二年は下級女郎として吉原でただ働きさせられるのだ。てまりは、お縁に累が及ぶのを案じたのだろう。

「てまりと申したな。再度尋ねるが、万蔵とお前の関係は、昔馴染みというだけか？」

てまりの重い吐息が洩れた。

「何度聞かれたって答えは同じです。確かに御簞笥町の店ではあたしのお客。いや、他の姉さんたちが逃げ回ったから、毎度あたしが相手をする羽目になっただけです」

「なにゆえ、他の女たちは万蔵を嫌ったのだ？」

「またそれを？」

心底うんざりした声で、てまりは唸《うな》った。どん、と壁を蹴り上げる音がして、いいから答えろ、と卯之吉が怒鳴る。

「万蔵は、その……女をちゃんと抱けないんです。役立たずなんですよ。歳とか病いとかでそうなるお客もいるし、こちらはお銭さえ貰えば構やしません。けど万蔵は、それをこっちのせいにして、しつっこく、しつっこく責めるんですよ」

しまいには花代まで値切るようになった、と口惜しそうな口調でてまりはこぼした。腰高障子の陰に蹲《うずくま》るようにして、お縁は、てまりの口から商売の内容が語られるのを、息苦しい思いで聴いている。

「お前がこっちへ移ってからも、訪ねて来たそうだが」

「二度ほどあたしを買いに来たことがあったけど、母さん――かがり屋の女将さんに事情を話したら出入り禁止にしてくれたんですよ」

「出入り禁止になったんで、万蔵の野郎はてめえを付け回してたんじゃねえのか？だから邪魔になって殺《あや》めたんだろ？」

「卯之さん、あんまりだよ！」

卯之吉の声に被《かぶ》って、てまりが叫んだ。

「あたしには万蔵を殺める理由なんて、ひとっつもないんだ。手柄を上げたいからって弱そうなもんばっかりしょっ引いて、人殺しと決め付ける。そんな馬鹿なことがあるかい」

「何だと！　てめえ、もう一遍ぬかしてみやがれ」

気色ばむ卯之吉に、柔らかな声がかかった。

「卯之吉、いいから帰ってもらいな」

障子の向こう側で、卯之吉の息を呑む気配がした。

「し、しかし新藤さま」

「この女の言うのは道理だ。もう少し頭を冷やすことだな」

新藤は言って、仕切りの障子を勢いよく開けた。そこに屈むお縁の姿を見つけて、てまりは部屋を飛び出し、お縁に抱きついた。

「聞いての通りだ」

「はい、ありがとうございます」

お縁はてまりの背を抱くようにして立ち上がると、新藤に深く頭を下げた。新藤は、うむ、と頷くとお縁に話しかける。

「湯灌を任されている、ということだが、どのくらいになるのだ？」

「十五の時からですので、三年になります」

「三年か。ならば、さぞかし多くの亡骸と接したことだろうな」

どうでしょう、とお縁は呟いた。青泉寺では湯灌のない日もあれば、重なる日もある。筆録をつけ始めて二年、書き留めた数は三百を越えていた。

「まあよい、私について来なさい」

新藤は言い、引き戸を開けて先に表に出た。お縁は、意味がわからず、戸惑って動けない。それを見て、てまりが新藤を追う。

「お侍さま、今度はあたしの代わりにこの人を捕まえるんですか？」

噛み付く勢いのてまりに、新藤がからからと笑い声を上げた。

「てまり、お前、いい女だな。うん、真っ正直ないい女だ」

それを聞いて、お縁は新藤について行ってみようと決め、表に出た。てまりがお縁に追いすがる。

「正縁さん、よしなよ。ついてく必要なんてないよ」

「大丈夫。それよりおみのさんのことをお願い」

不安そうな顔のてまりに、お縁は言い残して、新藤に向き直った。

「お供します」

新藤はにっと目を細めると、歩き出した。

「『正縁』と申したな」

「はい」

「堅いな。坊主といるようで落ち着かん。俗名は何と言った？」

「『縁』です」

「なら、お縁だな」

二人並んで、屋台で賑わう小路を抜ける。黒紋付きの羽織の裾を帯に挟み、下は着流し。小粋な同心らしい新藤の姿を見ると、往来の者が道を譲った。

「この先の円霊寺《えんれい》という寺だ」

「はい」

「そこで万蔵の亡骸を預かってもらっている。お前にちょいと見てもらいたい」

それを聞いてお縁は、おずおずと言った。

「新藤さま、それでしたらお医者さまの方がお役目に叶うのではないかと思います」

「医者は病気を治すのが本分。腑分《ふわ》けは別として、亡骸には興味がない。あまり役には立たんのだ。お縁は、『無冤録述《むめんろくじゅつ》』という書を知っているか？」

はい、とお縁は頷いた。『無冤録述』は、明和五年（一七六八）に出版された検死のための手引書である。自殺か他殺かを見極める手法や、遺体の変化について詳細に書かれている。お縁が湯灌筆録を綴っていることを知った同心、窪田主水が、興味があれば読んでみよ、と貸してくれたことがあった。やはりな、と新藤は嬉しそうに頷くと、正面を見つめたまま、ふっと声を落とした。

「万蔵はどうやら毒を盛られたらしい。しかしその毒が何かが、よくわからん」

「石見《いわみ》銀山の類《たぐい》ではないのですか？」

それは鼠捕りの薬で、入手は容易《たやす》い。お縁には、現にそれを用いて自死した新仏を湯灌した経験もあった。だが、新藤は、いや、と首を横に振る。

「それが今ひとつはっきりしない。吐瀉《としゃ》物に銀の箸をあててみたが変色しなかった。それに石見銀山なら死人の口や漏れ出た尿から野蒜《のびる》に似た臭いがするのだが、そういうこともなかったのだ」

一昨日の朝、明神様の鳥居の下で、全身を痙攣《けいれん》させて苦悶《くもん》する万蔵が目撃された。万蔵は、瞬《また》く間に手足を棒のように硬直させたまま死に至った、という。

「困ったことに、さような死に方をした者が今年に入って万蔵で三人目なのだ」

「三人……そのひとたちに繋がりはあるのですか？」

「まったくないから不気味なのだ。何の毒かを特定して手を打ちたいのだが、いかんせん、一口に毒と申してもその種類はあまたある」

刃物で刺すとか、首を絞めるとかいった殺しと違い、毒殺が巷《ちまた》に与える不安は計り知れない。瓦版《かわらばん》に目をつけられる前に、解決の糸口を見つけておきたい新藤であった。その気持ちはわかるが、なぜ私などを、とお縁の足取りは重くなるばかりだ。

万蔵の亡骸は、円霊寺の墓所脇の土蔵に安置されていた。掛けられた筵《むしろ》を剝ぎ取って、新藤がお縁を振り返る。

「かなり臭うが大丈夫か？」

お縁は頷き、遺体の傍に正座すると深く一礼し、合掌した。死後三日、しかし季節が幸いして腐敗はまださほど進んでいない。年の頃、三十半ば、痩せて小柄な男だった。

「何でもよい。気付いたことを教えてくれ」

はい、とお縁は言い、万蔵の亡骸を注視する。絶命する時に余程苦しんだのだろう、口が歪《ゆが》んで開いたままになっている。目が閉じているのは、死後硬直が始まる前に誰かが瞼を撫でて閉じさせてやったからだろう。七転八倒した証《あか》しのように、汚れた着物が捻じれて身体に絡み付いている。許されるなら、すぐにでも縄帯と縄襷をして湯灌にかかりたくなる気持ちを押さえ、お縁はそっと男の瞼を指で持ち上げて、眼球を覗き込んだ。黒目は濁り、白目の部分は青みがかった灰色だった。おや、とお縁は考え込んだ。

「どうした？　何か不審な点があるのか？」

新藤に急かされて、お縁は思案しながら答える。

「幾度か、石見銀山を飲んで亡くなった新仏さまを湯灌したことがありますが、そのどなたも、目の、この白い部分が真っ赤に充血していました」

うむ、と満足気に新藤は頷いた。

「石見銀山は粘膜を侵すからな。他にはどうだ」

お縁は、そっと万蔵の腕を持ち上げる。人の身体は死後、半日から一日をかけて固く硬直し、そのあと、ゆっくりと硬直が解かれていく。万蔵の腕はすでに柔らかさを取り戻し、ぐんにゃりとお縁に従った。お縁はその爪を一本一本、丁寧に見た。ついで足の爪も同様に見る。そうしてようやく、亡骸の着物に手をかけた。

五

熱い蕎麦《そば》の上に、ささがき牛蒡《ごぼう》と芝海老のかき揚げが載っている。

かき揚げをそっと嚙むと、胡麻油の香りと海老の旨味が口一杯に広がって、お縁は恍惚《こうこつ》とした表情になった。天婦羅《てんぷら》蕎麦、というものを食べるのは生まれて初めてだった。世の中にこんなに美味しいものがあるとは、と思いがけずも目頭が熱くなるお縁である。

「よくもまあ、さほどに美味そうに食えるものだ」

蕎麦をたぐった箸を止めて、新藤が感嘆の声を漏らした。万蔵の検死を終えての帰り、新藤がお縁を遅い昼飯に誘ったのだった。

「大抵は検死の後、ものが喉を通らなくなるものなのだが。大したものだな、お縁は。そら、これも食べなさい」

言いながら、自分のかき揚げをお縁の丼に移した。

「けれど、新藤さまの分が……」

「いいのだ、今はさらりと掛け蕎麦を食いたい気分なのだよ」

「すみません。何のお役にも立てませんでしたのに」

お縁は、箸を置き、身を縮めて新藤に頭を下げた。万蔵の身体をつぶさに見たものの、医者でないお縁にはやはり万蔵を死に至らしめたものの正体の片鱗さえわからなかった。新藤は、いやいや、と軽く手を振ってみせた。

「しかし、あの時、なぜあれほど爪に固執して調べていたのだ？　爪の間に挟まったものがないことは私も確認したが」

「湯灌で新仏さまの爪を整える経験から知ったことなのですが、爪の状態は、病いによって違うのです。爪の色の違いだけでなく、筋の入ったもの、表面のでこぼこしたもの、全体が反ったもの……」

「そうなのか。いや、確かに死因によって爪の色が違うことは『無冤録述』にも書かれてはいるが……。で、万蔵はどうだったのだ？」

はい、とお縁は自分の左の爪を右手で指し示しながら言った。

「この爪の根の白い部分、爪半月と言いますが、これがくっきりと出ていたので持病はなかったと思います。また、石見銀山を少量ずつ飲んだ新仏さまの爪には、横に白い線が出ておりましたが、万蔵さんにはそれがありませんでした」

ということは、と新藤が視線を天井に向けて考え込んだ。

「病死ではない、用いられた毒も石見銀山ではない、と」

「毒の種類はわかりかねますが」

申し訳なさそうに言いながら、お縁はなぜかおみのの爪を思い出していた。綺麗な形の、しかし色の白っぽい爪を。どうして今、そんなものを思い出すのだろう、と内心不思議に思いながら。

新藤と別れた後、お縁は湯屋へ立ち寄った。死人のにおいを付けたままおみのの元へ帰るのが躊躇《ためら》われたからである。久々に湯船に浸かり、さっぱりと汚れを落とすと一皮むけたように身が軽くなった。

途中、竹筒に入った甘酒を買い求め、桶を抱えて茜《あかね》色の妻恋坂を小走りで駆け上がる。この坂の長さも足に馴染んでいた。

「てまりから聞いたわ、大変な目に遭ったのではないの？」

お縁の顔を見るなり、おみのが不安そうに声を震わせた。そうやってお縁の帰りを今か今かと待っていたのだろう、布団を出て戸口傍まで這い出してしまっていた。

「おみのさん、駄目ですよ、身体に障りますから」

お縁が言って、おみのを布団に戻す。身体が冷えきっているらしく、夜着に包《くる》まってても震えているのがわかった。お縁は手早く甘酒を温めると、すりおろした生姜《しょうが》を加えておみのの口元に運んだ。温かいものが喉を通る感触が気に入ったのだろう、一口、二口、とおみのは甘酒を飲み込み、すっかり飲み干してしまった。頬に血の気が戻る。

「お陰で温まったわ」

「よかった。生姜が効いたんですよ」

お縁は言って、空になった茶碗を受け取る時、さり気なくおみのの爪を見た。爪は色が白く、しかし形は美しく整っていた。

「おみのさん、お医者さまはおみのさんが心の臓の病いだと？」

「ええ。だいぶ弱っている、と言われたわ。それよりも正縁さん、今日、何があったのかを聞かせてちょうだいな。万蔵殺しの件で、正縁さんが同心に引っ張って行かれた、と聞いて、私、心配で」

おみのに言われて、お縁はあの後の出来事をざっと語った。毒のことは伏せた方がいいのか、とも思ったが、おみのはそのことを軽々しく騒ぎ立てたり、誰かに話したりするひとではない、と思い直したのだ。

「そう、万蔵が毒を盛られたの」

「おみのさんは、万蔵を知って？」

「ええ、かがり屋にてまりを訪ねて来た時に会ったわ。瘦せて、貧相な男だったわよね。そう、あのひとが毒を」

おみのは考え込むように言って、その後、黙り込んだ。お縁はそれを機に行灯の火を消して自分も横になった。眠るには少し早かったが、身体を丸めて、夜着代わりのおみのの小袖に顔を埋めた。瞼を閉じると、先ほど見たおみのの爪が浮かぶ。形のよい、白い爪。起き上がって、もう一度確かめたい衝動をお縁は堪《こら》えた。

心の臓の病いで亡くなった新仏の爪なら、沢山見て来た。大抵は青黒い色をしている。あるいは、爪の形が先端に行くほど広がり、爪が指先を覆《おお》ってしまうものも少なくなかった。医術の知識があるわけではないが、おみのの心の臓はそれ自体が病んでいるわけではないのではないか？　何か他に原因が、そう、例えば悩み事があって、それが心の臓を弱らせているのではないだろうか？

「正縁さん」

ふいに、おみのが呼んだ。

「はい」

お縁は即座に答えて、闇の中をおみのの枕元まで這って行く。

「万蔵の毒のことだけれど」

おみのは、いきなり言った。

「万蔵が男として役立たずだったことと、関係があるような気がして仕方ないの」

おみのの言わんとすることがわかりかねて、お縁は黙った。おみのは手探りでお縁の腕を探しあて、ぎゅっと摑む。

「正縁さんには言いにくいことだけれど、女を抱けない、満足させられないことくらい、男にとって情けないことはないのよ。並みの男でも女郎を買いに来る前には芋酒を飲んだり、鰻を食べたりして精をつけてくる。ましてや役立たずの男なら、色んなものに手を出すに違いないわ」

「色んなもの？」

「たとえば……そうね、薬とか」

おみのは言って、大きく息を吐いた。それが苦しげで、お縁は慌てておみのの腕を取った。

「おみのさん、気が高ぶるのは心の臓によくないです」

「万蔵は貸し本屋だったし、そういう情報を仕入れやすかったのかも知れない」

「お願いですから休んでくださいな」

お縁には、なぜおみのが万蔵の死にそれほどまでに拘《こだわ》るのかがわからず、おろおろするばかりだった。

六

「何？　薬？」

「はい」

自身番の前で早朝から待って、やっと会えた新藤に、お縁は手短におみのの話を伝える。聞き終わると新藤は、ううむ、と考え込んだ。

「確かに、万蔵と同様の死に方をした他の二人も男だ。不能かどうかは知らんが、精がつく薬、と言われて差し出されれば飲むだろう。危檣《ほばしら》丸のように名の通ったもの以外でも、巷には怪しい薬が出回っていることだしな。ひとつ、調べてみるか」

お願いします、と頭を下げて、お縁はほっと吐息をついた。どうしても新藤に伝えてくれ、と懇願するおみのの願いを叶えたことに安堵したのだ。

番屋からの帰り、薬種店の前を通りかかった。新藤の言った「危檣丸」のことが気になって、お縁は、つい、「井筒屋」と記された暖簾《のれん》の前で足を止める。入って尋ねる勇気もなく、大きな暖簾の前でしばらく立ち止まっていた、その時。背後から、

「おや、お前は」

という女の声がした。お縁が振り返ると、かがり屋の女将だった。

「あ、女将さん」

お縁は言って、頭を上げた。

「おみのの薬かい？」

お縁は困った顔で、首を横に振る。

「入りにくそうだね。何を買うか知らないが、まあ、ついといで」

そう言って、女将は暖簾に手をかけた。かがり屋の女将はこの店の常客なのだろう、姿を見て番頭らしい男が奥から飛んで来た。

「これはこれは、かがり屋さん、おいでなさいまし」

奉公人が茶を二つ運んで来て、女将とお縁に勧める。女将は上がり口に座り込んで、美味そうにそれを飲んだが、お縁は遠慮して女将の後ろに控えていた。奥に薬種を保管する部屋があるらしく、薬研《やげん》で薬を調合する職人の姿が垣間見えた。かがり屋の女将は、持病の胃痛の薬の調合を頼むと、お縁の分の茶に手を伸ばした。それから ひょいとお縁を振り返り、

「お前さんも何か買うなり、聞くなりしたらどうだい？」

と水を向けた。番頭も「何なりとどうぞ」とにこやかに頷いたのを見て、お縁は勇気を出して口を開いた。

「危檣丸というお薬を拝見したいのですが」

途端に、かがり屋の女将が口に含んでいた茶を噴き出した。番頭は一瞬、大きく目を見張り、こりゃ参りましたな、と呟く。

「生憎、この井筒屋は、そうした類の薬は扱っておりませんので」

「名の通った薬、と聞きましたが」

「名の通った？　いやあ、それはまあ、確かに名は通ってますかねえ。いや、困りました。かがり屋さん、どうしましょうか」

げほげほと咳き込んでいた女将だったが、番頭に助けを求められて、胸を叩きながらお縁に向き直った。

「お前、それがどういう薬だか知ってるのかい？」

「精がつく薬、とだけ」

「精がつく、ねえ。確かにまあ、そうだ」

女将は番頭と目を合わせると、二人して、くっくっく、と両肩を上下させて笑う。

女将の笑い声は段々大きくなり、ついには腹を押さえて笑い苦しんだ。戸惑うお縁を気の毒に思ったのだろう、井筒屋の番頭は幾度か咳払いをした後、淡々とした口調で説明した。曰く、危檣丸というのは、両国米沢町の小間物屋「四ツ目屋」が専売している精力剤で、服用すれば男性の一物が固く天を突き、疲れ知らずになるのだ、とか。

なるほど、「精がつく」とはそういうことか、とお縁はぽんと手を打った。にやにやとお縁の反応を見守っていた女将が、呆れ顔になった。お縁は、上がり口に両手をついて番頭の方へ身を乗り出す。

「四ツ目屋さん、というのは薬屋ではなく小間物屋なのですか？」

「ああいうのに薬屋を名乗られたんじゃあ、私どもの立つ瀬がございませんよ。薬とは本来、病いを治し、心身を健やかに保つもの」

番頭は衿を直して、背筋を伸ばした。

「四ツ目屋さんは媚薬《びやく》の他に、張形や肥後ずいきなどの淫具も商っておられるんですよ。それは行商の小間物屋の手を経て、あちこちに出回っているようですがね。あ、いらっしゃいまし」

新しい客が、暖簾を潜って入って来た。それを機に、かがり屋の女将は立ち上がってお縁を促し、外に出た。

「お前は一体、うぶなのか、恥知らずなのか、子供なのか、やり手なのか、どれなんだい」

お縁を誘って団子屋の床几《しょうぎ》に腰掛けるなり、かがり屋の女将は、しげしげとお縁の顔を覗き込んだ。媚薬の説明に、顔を赤らめるどころか、感心したように身を乗り出したお縁に、つくづく呆れたらしい。しかし、性のいとなみを知らずとも、身体の仕組みならば湯灌場で多くの亡骸を相手に知り尽くしているお縁である。

「女将さん、媚薬というのはそんなに色々出回っているものなのでしょうか？」

「えらく拘るじゃないか。そうだねえ、怪しい薬なら山のように出回っているよ。うちにも、荷担ぎの小間物屋がしょっちゅう売り込みに来るくらいだ」

「小間物屋さんは、どこで薬を見つけるのでしょう？」

「さあね。けど、私なら適当に材料を合わせて自分で作っちまうよ。そうすれば儲けは独り占め出来るからねえ」

「けれど、効かないと意味がないですよ？　どうやって効き目のある物を作るのでしょうか？」

「どうだっていいじゃないか。つくづく妙な娘だね」

運ばれて来た串団子を頬張りながら、女将は考える表情を見せた。

「うちに売り込みに来る荷担ぎは、絵草紙や何や、文字になったものを一緒に見せるよ。『これこれここに、こう書いてある』とね。ひとってのは不思議なもんで、文字で書いてあると、ついつい、信じてしまうのさ」

なるほど、薬効がある、と書かれているものを調合すれば媚薬として売れるのだろう。万蔵は貸し本屋だったから、そうした情報にも敏感だったのではないか。お縁は考え込んだ。

「ところで、お前、うちに来る気はないかい？」

かがり屋の女将が、ふいに猫なで声でお縁に言った。お縁はその意味がわからず、顔を上げて女将を見た。

「初めて見た時から思ってたのさ。これは上物だ、磨けば間違いなくいい女になるってね。どうせ女と生まれたんなら、寺で屍を相手にするより、うちみたいな店で働いた方が甲斐があるってもんだよ。そりゃあ、吉原とまでは行かないけれど、上客が多いし、銭になる」

お縁は、呆気に取られてぽかんと口を開けた。脈がある、と思ったのか、女将はお縁の両手を取った。

「他のどの店よりも、うちで働く娘たちは幸せだよ。お前も見ただろう？　皆、うちで小綺麗に暮らしてる」

「おみのさんは、今にも壊れそうな借家で暮らしていますよ」

消え入りそうな声で、お縁は言った。女将は、忌々しげにお縁の手を離す。

「前借がないだけ『まし』ってもんだ。まあ、おみのの場合、蔵替えじゃなかったから返せたようなもんだがね。当人はもとはお武家、と言っているし、それが売りにもなったが、果たして本当のところはどうだか。私の知ってる武家娘たちは前借につぐ前借で雁字搦《がんじがら》め。死ぬまで地獄から抜け出せないのだけどねえ」

で、どうなんだい、うちに来る気があるのかないのか、と畳み込まれて、お縁はぶんぶんと首を横に振る。女将は、団子屋の主に串団子を五人前包むように頼むと、立ち上がってお縁を見下ろした。

「ご馳走さん」

きょとんとしているお縁に言い捨てて、女将は団子の包みを受け取るとさっさと帰っていった。確かに、人でなしじゃないけれど強欲だ、とお縁は軽くなった巾着を手にしょんぼりと店を出た。

日はまだ高い位置にある。お縁は、乗りかかった船だわ、と呟くと、人に尋ね尋ねして菊坂町を目指した。

万蔵の家は裏店の端にあり、癖のある字体で「貸し本」と書かれた張り紙がしてあった。中の様子を窺おうとしたお縁の鼻先で、障子が勢いよく開いた。

「お縁ではないか。参ったのか」

新藤が、卯之吉と共に中から姿を現わした。入れ、入れ、と腕を引っ張られるようにして室内に入る。

「お縁、ひょっとすると手柄になるやも知れぬぞ」

苦虫を噛み潰した顔の卯之吉に構わず、新藤は高揚した口調でお縁に告げた。

「殺された別の二人も、不能に悩んでいたのだ。毒を媚薬と偽って飲まされたことも充分に考えられる。いずれにせよ、その媚薬の正体を突き止めねばなるまいが」

新藤の言葉を聞きながら、お縁は室内をぐるりと見渡した。すでに調べられた後なのだろう、箪笥《たんす》の引き出しは抜かれ、中のものがはみ出した状態になっていた。

「貸し本の中はお調べになっていないのですか？」

積み上げられた絵草紙の類に目を留めて、お縁は尋ねた。

「無論、調べた。特に目新しいことはない」

「拝見してもよろしいですか？」

お縁は新藤に許しをもらって、積み上げられた貸し本に手を伸ばした。万蔵という男、思いのほか、几帳面なのだろう。痛んだ草紙には丁寧に補修が施されているし、内容に合わせて本の表紙に符丁がつけられている。艶本、黄表紙がほとんどだった。

「万蔵さんの亡骸は、あのままなのですか？」

帰り道、お縁が問うと、新藤は、いや、と首を振った。

「円霊寺で土葬にした。検死も済んだし、腐りだしたからな。しかし不審な点があれば掘り起こす」

湯灌はしたのだろうか、とお縁は思ったが、口にはしなかった。

お縁がおみのの家に戻ったのは夕暮れ時で、丁度てまりがおみのの様子を見に来ていた。

「きっと今夜は嵐になるよ」

てまりは、思い出し笑いをしながら言う。

「あのけちんぼの母さんが、今日はあたしたちに串団子のお土産を買って来たんだ。遠州屋の一番高い餡子《あんこ》のだよ。自分は二本食べたくせに、あたしらには散々恩に着せて一本ずつさ」

かがり屋の女将らしい。お縁は肩をひくつかせて笑った。

「正縁さん、新藤さまにあのこと、話してくれた？」

おみのが上体を起こしながら、お縁に尋ねる。お縁は頷き、かがり屋の女将とのことは抜いて、万蔵の家での経緯を話した。てまりは、おみのが万蔵の死について拘ることに口を尖らせる。

「何もおみの姉さんが、万蔵の事件に首を突っ込む必要なんてないじゃないか。そんな鬱陶《うっとう》しいことを考えてたら、よくなる病いも悪くなっちまうよ」

「けど、なるべく早くはっきりさせておかないと、誰もあそこで安心して商売が出来ないわ」

そう言うと、おみのは疲れたらしく、身体を横たえた。

これから店に出る、というてまりを送りがてら、お縁は表に出た。

「正縁さんのお陰で、おみの姉さんが少しずつ元気になってくれてる。ありがとうね。この通り、御礼を言うよ」

てまりはお縁にそっと手を合わせてみせた。それから、万蔵のことなんだけどさ、と躊躇いがちに言い添える。

「今もそうなのかは知らないのだけど、御箪笥町に、やつの馴染みの古着屋があってね、そこの二階に大事なもんを置かせて貰ってる、と話していたよ。貸し本の中でも特に貴重なやつとか」

「そのこと、お取調べの時に話したの？」

言うわけないだろ、とてまりは吐き捨てた。

「あたしはおかみが嫌いなんだよ。けど、おみの姉さんもああ言ってたし、正縁さんには話しておくよ。行くんなら場所を教えとく」

夜、おみのは熱を出した。心配するお縁に、気持ちが高揚しているだけだ、と本人は言い、幾度も幾度も、新藤とのやりとりを話して聞かせるようせがんだ。

「万蔵は誰かに殺《あや》められた、というよりも、毒と知らないまま薬を飲んで誤って死んだように思えてならないのよ」

額にあてた手拭いを取り替え、灯りを消しても、布団の中でおみのはお縁にしきりと話しかけた。

――てまりさんも言っていたけど、おみのさんはどうして、そこまで万蔵の死んだわけに拘るのだろう
そんな疑問を抱きつつ、お縁はおみのの話し相手になっていたが、やがて睡魔に負けてしまうのだった。

翌朝、おみのの熱が下がっていたこともあり、お縁は御箪笥町に出かけることにした。てまりから教えて貰った通り、外濠沿いに牛込御門まで行き、神楽坂をずんずん

上ると肴《さかな》町で左に折れて御箪笥町に入る。目的の古着屋はすぐに見つかった。古着屋の店主は万蔵の死を知らず、お縁から話を聞いて驚きながらも、二階に上げてくれた。

「こっちは厄介《やっかい》ごとに係わり合いたくないんだが、相手が尼さんじゃぁ仕方ない。万蔵から預かっていたのは、これだけだよ」

行李《こうり》の荷物を示すと、店主はお縁の脇にどっかと座った。中味を抜き取られることを警戒して、見張っているつもりなのだろう。お縁は、行李を開いて中を改める。多色刷りの錦絵《にしきえ》を挟み込んだ絵草紙や、肉筆の写本などに混じって、明らかに毛色の変わった本が一冊、紛れ込んでいた。表紙に「本草」の文字があった。手にとってめくってみると、植物の効能や処方について詳細に記された学術書のようだった。店主が脇から覗いて言う。

「ああ、そいつは本草学の手引書だろう」

「本草学？」

「薬草のことさね。どの病いにはどの草を薬として使うかが書いてあるのさ」

符丁がついていないところを見ると、貸し本にはしていないのだろう。おまけにまだ新しい。昨日、今日と見た万蔵所有の本の中で、そうした学術書はその一冊きりだった。てまりの口から語られていた万蔵という男と、本草学とはあまりにかけ離れている気がする。お縁は、丁寧に一枚、一枚、目を通していった。胃痛に効く草、解熱作用のある実、傷薬となる花……。ふと、「大茴香」と書かれた箇所で目が止まった。効能の欄に「その実を健胃、精力剤として用ふ」とあった。大茴香なるものの挿絵を見て、お縁は、はっと息を呑む。

これは。

この実は。

「あ、おい、待ちな」

本を手に立ち上がったお縁の着物の袖を、店主は咄嗟《とっさ》に引いた。

「万蔵が死んだ今、それは預かり主の俺のもんだ。返して貰おうか」

言われてお縁は本を店主に押し付け、そのまま勢いよく階段を駆け下りた。

七

「おや、お前さんは」

息を弾ませて店に駆け込んできたお縁を見て、井筒屋の番頭は驚いた顔で言った。

「昨日、かがり屋さんと一緒だった娘さんだね」

お縁は荒い息のまま、書くものを、と告げて、筆と紙を借りた。

そこに「大茴香」という文字を書いて、番頭に示す。

「これ、この字で何と読むのでしょうか？」

どれ、と番頭は覗き込んで、ああ、と声を漏らした。

「これは『だいういきょう』ですよ。お前さん、よくもまあ、こんな難しい薬種の名前を知っていなさることだ」

「どのような薬種なのですか？」

「とにかく香りが素晴らしいのですよ。昔の武将はこれを香にして兜《かぶと》に焚《た》き込めていたとか。うちでは正月の屠蘇散《とそさん》に使いますがね、何しろ高価な品です」

「もしや、精のつく薬ではありませんか？」

お縁の問い掛けに、番頭は、大きく頷いてみせた。

「確かに。大茴香は、身体を温め、興奮しやすい状態にします。閨《ねや》の前に、酒に入れて薬酒として召し上がる御仁もいらっしゃいますよ」

そういえば、と思い出したように番頭は言葉を継いだ。

「今年に入ってから、大茴香だけを分けてくれ、と仰るかたが何人か……。いずれもあまりに高価なためにお求め頂けませんでしたが」

「現物を拝見することは出来ませんか？」

お縁があまりに必死の形相だったためだろうか、番頭は少し考えて、よろしゅうございますよ、と言い、背後の奉公人に奥から持って来させた。

「こちらが薬研で粉にしたもの。そしてこちらが、そのもとの……」

番頭は、半紙に載せた実をお縁に示した。

「大茴香の実を乾燥させたものです。面白い形をしているでしょう？」

麻の葉の文様に似た、八つの角を持った実を見て、お縁は、ああやはり、と声を漏らした。色々な考えが頭を過《よぎ》り、お縁は、しばらく天井を睨んだまま動かない。やがて顔を上げると、番頭を見て言った。

「番頭さん、お願いがあるのですが」

ほどなく、井筒屋の番頭は、お縁に案内されて自身番に向かう羽目になった。

「何？　毒の正体がわかった、だと？」

自身番の三畳敷きで、新藤が目を剝いた。はい、とお縁は畳に手をつき頭を下げたまま答えた。後ろに控える井筒屋の番頭は、わけがわからぬまま、困惑顔で成り行きを見守っている。

「何の毒だと申すのか？」

お縁は、顔を上げ、新藤を真っ直ぐに見る。

「樒《しきみ》でございます」

「樒？」

新藤は、腕を組み、訝《いぶか》しげな表情で言った。

「樒とは、墓に植えられているあの木のことか？　匂いのきつい」

はい、とお縁は大きく頷いた。

「樒が墓や寺に植えられている理由は、二つの方法で亡骸を野犬から守るためです。ひとつは、その葉の芳香で野犬を寄せ付けないこと。もうひとつ……。その実は猛毒で、野犬が口にすれば死に至ります。樒という名は、『悪しき実』から付いた、と言われるほどなのでございます」

新藤は、ううむ、と唸った。

「新藤さまは、樒の実をご覧になったことがおありでしょうか？」

お縁にそう問われて、新藤は、はて、と眉根を寄せた。

「あるにはあるが、近頃墓参りを怠っておるせいか、実を見る機会に恵まれぬ。ぷっくりとした八角の変わった形をしておったような」

　お縁は井筒屋の番頭を振り返り、あれをご覧に入れてください、と頼んだ。どうやらことの次第が読めて来たのだろう、番頭はお縁に頷いてみせると、懐から取り出した半紙を広げて、畳の上についっと差し出した。新藤はそれを手前に引き寄せて、そうだそうだ、と膝を打った。

「これだ、これ。秋になると寺の敷地に落ちておるのを見かけたことがある。この形は他にない独特なものなので記憶にあるのだ」

「お言葉ではございますが、お武家さま、これは樒の実ではございません」

　番頭が、遠慮がちに口を開いた。

「一見、樒の実と瓜二つで見分けが付きにくうございますが、これは大茴香と申す、唐薬でございます」

「何？　唐薬とな？」

「はい、左様でございます。大茴香は、この国のどこにも自生しておりません。実を乾燥させたものが彼の国より長崎に入り、そこから大坂は道修町《どしようまち》を経て、ようやく我々薬種商が手にすることの出来る、高価な薬にございます」

　お縁が、それに言い添える。

「万蔵さんの蔵書の中に、この薬の効用が書かれておりました。精力剤として用ふ、と」

「精力剤として？　それはまことか」

新藤に問われて、はい、と井筒屋の番頭は頷いた。

「待て、待て。すると……」

新藤は腕組みをして、首を捻った。

「書物で大茴香のことを知った万蔵が、形の似ている樒をそれと誤って服用した、と。いや、違うな、万蔵の身辺に薬研などの道具はなかったし、薬草の欠片《かけら》もなかった」

「こうは考えられないでしょうか」

お縁は、すっと居住まいを正して新藤を見詰める。

「何者かが、書物で大茴香のことを知り、それがたまたま樒に酷似していることを悪用しようと考え付いた。掻き集めた樒の実を干して、それを大茴香と偽り、信じ込ませた上で精力剤として売ったのだ、と」

「殺めるつもりでか？」

鋭い問い掛けに、お縁は途端、自信なげに首を横に振った。

「これは憶測ですが、他の二人も万蔵さんと同じ手口でやられたとして、そこに共通する恨みがないのだとすれば、薬を渡した者は、ただ偽薬で一山あてるつもりだったのではないか、と」

それはつまり、と新藤が思案しながら口を開いた。

「樒が毒と知っていたが、確実に相手を殺める意図があったわけではない——と、こういうことか？」

はい、とお縁は頷いた。

「樒の毒について知識の浅い者が偽薬を作ったのではないか、と思うのですが」

新藤は即座に首を横に振った。

「いや、それは妙だろう。『悪しき実』という語源までは知らずとも、樒の実は毒だ、ということくらい、子供でも知っておるぞ。誤って一片を口にすると、身体が痺《しび》れたり痙攣《けいれん》を起こしたりする、と」

恐れながら、と井筒屋の番頭が軽く身を乗り出した。

「薬種を商う身として申し上げます。実は、これはあまり知られてはおりませんが、巷に出回る媚薬の類の多くに、痺れや痙攣を起こす毒が含まれております」

「それはまことか？」

「はい。正しい薬種の知識をもってすれば、病いを治すために毒を安全に用いることは難しくはございません。しかし、そうでないものが毒を用いて媚薬と称しているのが現状なのでございます」

そうであったか、と新藤が腕を解いた。

「ならば、薬種商でない者が、たまたま大茴香の効能と、その姿が樒に酷似していることを知り、媚薬作りを思いついた、と、こういうことか。そして、それを不能に悩む客に売りさばいた、と」

おそらく、とお縁は頷く。

「薬種商ではなく、けれどそうした薬を売り歩いても不審に思われることのない職種のひとかと」

「例えば？　例えばどういう者だ？　お縁」

お縁は、少し怯《おび》えた顔になった。それは迂闊《うかつ》な発言をして誰かを陥《おとしい》れるのではないか、という恐れの表れだった。それを察して、新藤は優しく促す。

「こちらも慎重に動く。罪のない者に濡れ衣を着せるような真似は決してしない。だから話してみよ。お縁はどういう者と思うのか」

その言葉に、心は決まった。お縁は顔を上げて言った。

「例えば、荷担ぎの小間物屋のような」

ああ、と井筒屋の番頭が大きく膝を打った。

「卯之吉を！」

新藤が機敏に立ち上がって、大声を出した。

「誰か、卯之吉を呼んで参れ！」

自身番の外に待機していた小者が、はっ、と答えて駆け出した。

万蔵や他の犠牲者二名と接触のあった小間物屋を、卯之吉に探らせるのだろう。それにしても、とお縁を見下ろしながら、新藤は、つくづくと言った。

「お前は本当に不思議な女だな、お縁」

きょとんとするお縁に、新藤はほろ苦く笑ってみせた。

「毒と呼ぶべき物は、この世には数知れず。だが、このたびの事件、お縁は迷うことなく、それが樒である、と言う。まるで最初から当たり籤《くじ》を知って富籤《とみくじ》を買うがごとく。いやはや、千里眼とはこういうことか」

確かに、と井筒屋の番頭も頷いた。

「精力剤、という点に目をつけたのもお手柄でございましたなあ。あ、いえ、まだ事件が解決した訳ではございませんでしょうが」

八

やーっ！　とーっ！
黄昏《たそがれ》時の妻恋坂に、剣術道場の声が響いている。お縁は、浮かない顔で坂を上っていた。新藤に最後に言われた言葉が、どうにも引っ掛かる。最初から当たり籤を知って富籤を買うがごとし、というその台詞《せりふ》が幾度も幾度も頭の奥で繰り返し響いた。

万年青《おもと》、はしりどころ、あしび、夾竹桃《きょうちくとう》、栴檀《せんだん》、鳥兜《とりかぶと》、蓮華躑躅《れんげつつじ》……そう、新藤の言う通り、この世に毒となるものは数知れない。その中のひとつを見つける作業は、闇夜に灯りもなく未知の山を歩くのに似て、困難を極めるのが普通だろう。なのに、どうして自分はやすやすと「樒」という答えに辿り着いたのだろう。まるで何かに導かれるかのように。

何かに導かれるように？

お縁は、足を止めて立ち止まった。

——万蔵が男として役立たずだったことと、関係があるような気がして仕方ないのふいに、おみのの声が耳に蘇る。

――万蔵は貸し本屋だったし、そういう情報を仕入れやすかったのかも知れない
――万蔵は誰かに殺められた、というよりも、毒と知らないまま薬を飲んで誤って死んだように思えてならないのよ

『そうか』


気付いてお縁は愕然となった。すべての手がかりはおみのから与えられたものだったのだ。これは偶然のことなのか。そもそも、おみのはなぜ、ただ顔を知っている程度の万蔵の死にそこまで拘る必要があったのだろうか。

もしや、おみのは最初から万蔵に関する何か大切なことを知っていて、それを敢《あ》えて隠し、お縁に万蔵の死因を解明させるよう仕向けたのではないのか。

いや、とお縁は眉根を寄せて空を見た。

まだ、万蔵を死に至らしめた毒が樒と決まったわけではない。その部屋に偽薬は残されていなかった。新藤が知らないところを見ると、残る二人の犠牲者の身辺からも見つからなかったのだろう。何一つ、証拠となるものはない。今のところ、ただの推論でしかないのだ。

お縁は、重い息を吐き、とぼとぼと妻恋坂を上り始めた。それまで守るべき存在として近しく感じていたおみのを、急に遠くに感じたのだった。

「そう、決め手になるものがいまだないの……」

お縁の話を聞き終わったおみのは、布団からゆっくりと身を起こした。おみのに対する疑念は伏せて、今日一日の出来事を話し終えたお縁である。

「横になっていてください。今、夕餉をこしらえますから」

温まるように雑炊にしましょうね、とお縁は言って用意のために外に出た。冷やご飯で溶き玉子と葱《ねぎ》の雑炊を手早く作って戻ると、おみのは先ほどの姿勢のまま、考えごとをしているふうだった。

「おみのさん、それでは身体が冷えてしまいます」

お縁がおみのの肩口に小袖を掛けてやると、おみのはお縁を見上げて、微笑んでみせた。

「正縁さん、申し訳ないのだけど、湯冷ましを一杯頂ける？」

言われるがまま、鉄瓶に残った白湯《さゆ》を湯飲み茶碗に入れて渡す。おみのは、板敷きに置かれた茶碗の中をじっと見つめた。それを訝《いぶか》しく思いながらも、お縁は、湯気の立つ雑炊を装《よそ》うのに気を取られた。配膳を終えておみのの方を見ると薬らしきものを白湯で流し込んでいるところだった。

「煎じなくていいのですか？」

お縁の問いに、おみのは首を横に振った。飲みにくい薬らしく、胸を拳《こぶし》で軽く叩きながら飲み下す。それから彼女は、悲痛な面持ちでお縁を見た。

「正縁さん、話しておきたいことがあります」

前のめりになりそうなおみのの姿に、お縁は慌てて駆け寄りその肩を抱く。

「おみのさん、横になった方がいいわ」

「いいから、聞いて」

おみのはお縁の腕を、爪あとが付くほどに強く握ると声を絞った。

「今、私が飲んだのは、樒の実を砕いて粉にしたもの。万蔵が飲んだ薬と同じ」

お縁の表情が瞬時に凍った。おみのの言葉に嘘がない、と咄嗟に判断したお縁はおみのの背中を叩いた。

「吐いて！　すぐに吐いてください！　おみのさん、早く！」

無理矢理にその口へ指を突っ込み、吐かせようとするお縁の腕を、しかしおみのは乱暴に払い除《の》けた。だがお縁は諦《あきら》めない。

「吐いて！　吐かないと駄目！」

両腕でおみのの身体を抱え込み、拳を使ってその胃袋を圧迫し、無理にでも吐かせようとするお縁を、おみのは残された力を振り絞って突き放した。おみのさん、おみのさん、とお縁は泣きじゃくりながら、それでもおみのにむしゃぶりつく。

「正縁さん！　もう時間がない。吐こうが吐くまいが私にはもう時間がないの。後生だから私の思う通りにさせてちょうだいな」

その一言が、お縁の体中の力を奪った。お縁はおみのの前に呆然と座り込んだ。その両手を、おみのはそっと握る。

「樒の毒が体中に回るまで半時。それまでに話しておかねばならないことがあるの。私、あなたに嘘をついていたわ。武家の出自だなんて真っ赤な嘘。百姓だった親に深《ふか》谷《や》宿の岡場所へ売られたの。そうしなければ、皆、飢えて死ぬしかなかった」

同じ女郎宿に正真正銘の武家娘で「おみの」という女がいた。歳が近く、よく気も合い、空いた時間に読み書きを教えてくれた。地獄に落ちても決して汚れることのない蓮《はす》の花のような女だったが、可哀想に胸の病いで亡くなった。男の手引きで深谷宿を逃げ出し、江戸に辿り着いた時、その「おみの」として生きていこうと思った――

そう彼女は語った。

「深谷宿から逃がしてくれた男は、何のことはない、そのまま私を吉原へ売り飛ばす算段だったの。それを知って、男のもとから逃げ、この神田明神界隈に潜り込んだのよ。おみのという名前を騙《かた》るうち、段々に本当に自分が武家娘のように思えてきて、そうなると、辛いことも耐えていける甲斐のようなものも生まれたわ。そう、あの男ともう一度会うまでは」

あの男とは、深谷宿の岡場所から足抜けさせた男のことだろう。お縁は息を詰めておみのの話に耳を向ける。

「男は小間物屋に姿を変え、偽薬を商って生きていたらしいの。私がいることも知らず、偶然、かがり屋に上がり、そしてひとりの娘の馴染みになった。早いうちに私と鉢合わせしていたら救いもあったのだけど、偶然が重なって、私がその顔を見る機会がなかったの。男は、娘に惚れさせるように仕向け、時期がくれば私の時のように足抜けさせて、上尾《あげお》宿あたりの女郎宿に高値で売り飛ばすつもりだった。娘に紛《まが》い物《もの》の鼈甲の櫛を贈って、夫婦約束をしてね」

あっ、とお縁は思わず声を上げた。

にっこりと笑って懐に手を置くてまりの姿が、大写しで見えた気がした。そう、鼈甲の櫛を大切にしまった懐に手を置く姿が。

「もしや、それは……」

お縁が呑み込んだ名前に気付いているのか、おみのは頷いた。

「牛の角に薄い鼈甲を貼り付けただけの『あんころ』って呼ばれる偽物よ。でも、本物を見たことがなければ誰でも騙《だま》されるわ。私がそうだったように」

「ひどい……そんな、ひどい」

神田明神の本殿で両手を合わせて祈っていたてまりの横顔を思い出して、お縁は身を震わせた。

「けれど、男は——今は菊次と名乗っていたわ——、かがり屋で私と顔を合わせてしまったの。ひと月ほど前のことよ。向こうもこっちもそりゃあ驚いたわ。その夜、菊次がここを訪ねて来たの。取り敢えずは酒を飲ませて話を聞きだしたわ」

手が細かく痙攣し始めて、おみのは震えを抑えるためにしっかりと両手を組み合わせる。

酒が、菊次の口を滑らかにした。樒を使って作った精力剤が原因で客の二人が死んだという。自分がそれを売ったことが露見すればお咎《とが》めを受けるのは間違いない。おまけに万蔵を始め、薬を買った者が他にもいるのだ。このまま姿を消そうと思うが、ついては当座の銭を寄越せ、お前が前借なしの優雅な身になれたのも俺が手引きして足抜けさせてやったからだ、というのが菊次の言い分だった。

――何が武家娘だ。笑わせんじゃねえや。深谷宿の飯盛り女の中でも最下級、一晩たったの百文だった、と吹聴して歩いてやろうか
菊次のそのひと言が、おみのの理性を奪った。気付くと抱え帯を解いて菊次の首に回し、力一杯絞めていたのだ。

「今も、この手にその時の感触が残っている」

呻くように言うおみのの指が、両の手の甲に食い込んでいる。お縁はからからに乾いた口の唾を無理にも飲み込んで、やっとの思いで、亡骸は？　と問うた。おみのは、哀しい眼差しでお縁を見、視線をそのままゆっくりと、自分が今、座っている布団に向けた。

布団の下は板敷きである。板敷きの下は……。お縁は、泣き出しそうな顔でおみのを見た。

「床下に井戸の名残があるの。間違いのないように戸板で蓋《ふた》をして重い石が置いてあった。でも、それだけだった」

満身の力で菊次の遺体を投げ下ろし、ついで持ち物も、と思った時、目に止まったのが薬袋だった。覗いてみると砕いた粉に混じって樒の実が入っていた。これが菊次

の言っていた薬だ、と悟ったおみのはそれを咄嗟に取り置いた。ことが終わり、外の井戸で身体を清めたが、それきり寝付いてしまったのだという。

座っているのが辛くなったのか、おみのは布団に横たわった。手ばかりか、足までもが激しく痙攣し始めていた。

「正縁さ、ん」

焦点の合わなくなり始めた目で、おみのはお縁の姿を追う。ここに、とお縁がその枕元ににじり寄っておみのの手を取った。

「菊次のこと、てまりには、言わ、ない、で。私が武家の娘、というのを、生きるよすがにした、ように、てまり、に、とっても、あの櫛を、くれ、た男の存在が、この苦界、で、生きる、ひとす、じの、灯り」

突如、おみのの身体が海老のように跳ねた。口から胃液を戻しながら、身を反らして幾度も激しく布団の上で跳ねたかと思うと、手足が棒のように硬直し、それきり静かになった。

「おみのさん」

お縁は、震える声で呼びかける。おみのはかっと瞳を見開いたまま、すでに事切れていた。お縁は、右手をそっとおみのの額に置き、そのまま掌《て》をずらして優しく仏の瞼を撫でる。すっと瞼が閉じる時、目尻から涙が筋を引いて零《こぼ》れ落ちた。お縁はそれを指先で拭ってやりながら、「おみのさん、辛かったわね」と呟いた。呟いた途端、鋭い痛みに似た悲しみが身体の奥から突き上げて、まだ温かいその亡骸に縋《すが》った。

その手で人を殺めてしまった、その苦しみはどれほど深かったことだろう。闇の中で瞳を凝らして、幾度となく己の手を見つめるおみのの姿が、お縁には見えるようだった。衰弱して死んでいくことを選びながらも、最期まで気に掛けたのは、てまりのことなのだ。

お縁は溢れる涙を拭うこともせず、おみのの両手を胸の上で組ませた。それから物言わぬおみのに、今、てまりさんを呼んで来ますからね、と優しく声を掛けた。この時、すでにお縁はある決意を胸に秘めていたのだった。

九

「正縁、ご苦労だったね」

お縁を家の外に連れ出した正念が、優しく労《いたわ》った。

「よもや、正縁を迎えに来たその日に弔《とむら》いをすることになろうとは思わなかったが、これも巡り合わせなのだろう。おみのさんは心の臓が悪かったのだ、いたし方ないことなのだよ」

ほんの五日のことなのに、二人の頭上に広がるのは寒々しい幽天であった。お縁は一瞬、思い詰めた表情で正念を見上げたが、てまりのすすり泣く声が洩れ聞こえると、ぎゅっと唇を一文字に結んで俯いた。それを見逃さず、正念はお縁の顔を覗き込む。

「どうかしたのかい？」

お縁は、何でもありません、と首を横に振り、それから掠れた声でこう言葉を継いだ。

「五日も寝起きを共にしたので、自分の姉を失ったような心持ちなのです」

違う。違うのだ。

てまりのため、またおみののためにもその最期を病死と偽ることに微塵《みじん》も迷いはなかった。だが、たとえ悪人と言えども菊次の亡骸をあのままにしておいていいのか。出家こそしていないが、仮にも青泉寺の湯灌場で仏に仕える身の自分が、新仏を井戸の底に捨て置いたままにして弔うこともせず……。果たしてそのようなことが許されるのか——決めたこととはいえお縁は苦しみの中にあった。しかし、それを正直に話して正念を巻き込むことなど絶対にしてはならない。心配顔の正念に、お縁は無理矢理に微笑んでみせるのだった。

卯之吉から事情を聞いた新藤が、お縁のこのたびの働きの礼に、と荷車を調達しておみのの亡骸を浅草の火葬寺まで運ぶ手はずを整えてくれた。かがり屋ではてまり一人に葬送に加わることを許した。強欲な女将も、てまりがとても客を取れる状態ではないことを悟り、渋々許可したのである。正念、お縁、そしててまりに付き添われて、おみのの亡骸はゆるゆると浅草寺を抜け、吉原を右手にやり過ごして、その先にある火葬寺へと向かった。

連絡を受けた寺では、湯灌の準備がぬかりなく整えられていた。お縁は、白麻の着物に縄帯と縄襷の姿で湯灌場に立った。読経《どきよう》の流れる中で、正念の手を借りて逆さ水を張った盥《たらい》におみのの亡骸を入れる。湯の中で、棒のように硬直した手足をゆっくりと優しく揉み解《ほぐ》した。手足が和らぐと、手拭いで丁寧に丁寧に身体を洗っていった。病んでから――そう、病んでからひと月、風呂に入れなかったその身体をお縁は心を込めて洗う。あの夜、井戸水で冷え切ったままのおみのの心と身体を、温め解きほぐしてやりたかった。

洗い終え、筵に横たえた亡骸に詰め物を施すと、てまりを呼んで一緒に帷子《かたびら》を着せた。帷子は、裁縫の出来ないかがり屋の女たちに代わって、立爪坂の長屋の女房たちが朝のうちに縫い上げてくれたものだった。

長くまともな食事を取らなかったおみのの頬は気の毒なほど落ち窪んでいる。お縁は、そっと口腔に指を滑り込ませ、頬の内側に綿を含ませた。そして、用意しておいた紅を手の甲で溶いて、瞼と頬にそっと載せて指でぼかした。いつも毒々しい赤に染めていただろう唇には、ほんの少し、色を着けた。栄養不良で白くなった爪にも、一本一本、紅を塗り込む。化粧を終えると、おみのは何かいい夢でも見ているのか、微笑みながら眠っているように見えた。まるで天女みたいだ、と、てまりが呟く。

「おみの姉さん、わかるだろ？　姉さんの望んでいた通り、三昧聖に湯灌をしてもらったんだよ。よかったねえ」

てまりが言っておみのの頬を撫で、涙を湛《たた》えた感謝の眼差しでお縁を見た。そして、袂に手を入れると糠袋を取り出して、おみのの組んだ手に持たせた。

「おのぶ姉さんとひさえ姉さんからだよ。二人とも、こんなもんしか持たせてあげられない、と泣いていたんだ。それと私からは……」

てまりが懐から取り出したものを見て、お縁は、ああ、と声を漏らしそうになった。例の鼈甲の櫛だったのだ。てまりはおみのの髪にその櫛を差す。

「あたしの大事なおみの姉さん。姉さんはあたしにとって神様みたいなひとだったんだよ。だから、あたしの一番大事なものを一緒に持って行っとくれ」

そう言うと、わっと声を上げて泣いた。湯灌を見守っていた寺の者たちの間から貰い泣きの声が洩れる。おみのの亡骸にすがり付いて離れないてまりの背中を、お縁はそっと撫でた。撫でながら、お縁の頬を後から後から涙がつたい落ちた。

新仏は早桶に納められ、火屋で荼毘《だび》に付されて、小さな骨壺に納まった。それを正念が預かり、青泉寺で供養することになった。あれほど泣いていたてまりも、おみのの白い骨を拾い終わる頃には、執着が落ちた穏やかな表情に変わっていた。

「おみの姉さん、櫛を喜んでくれたかなあ」

独り言のように呟くてまりに、お縁はしっかりと頷いてみせる。

優秀な新藤のことだ、きっと菊次を割り出すだろう。だが、その行方はようとして知れぬことだろう。菊次のしたことを知り、一時は悲しんだとしても、それでもてまりは菊次の帰りを待つだろう。鼈甲の櫛は、これから先も変わらずてまりの心を照らし続けるのだ、それが紛いの偽物と知れない限り。そして最早、偽物であることが露見する恐れもない。

「おや、雨だ」

正念が、泣き出した空を見上げて言い、骨壺が濡れぬように風呂敷を掛け直した。

てまりが、掌を天に向けて雨粒を受けながら言う。

「偽り時雨《しぐれ》だね、正念さま」

偽り時雨？　とお縁は首を傾げる。初めて耳にする言葉だった。

「知らないかい？　神無月最初に降る時雨をそう言うんだって。おみの姉さんに教えてもらったのさ」

てまりは言って、にっと笑ってみせた。右頬に笑窪ができていた。

雨沢《うたく》越しに見る町並みは、しっとりと美しい。そこに暮らす者の欲も業も、雨が密かに包み込んでいるからだろうか。

偽り時雨。

お縁は口の中で小さく復唱する。この偽り時雨は、おみのが降らせたもののような気がしてならなかった。

「正縁さんの袖の中で、何かかさかさと鳴ってるよ？」

てまりに言われて、お縁は袂に手を差し入れて探った。中からからからに乾いた黄色い銀杏の葉が現われた。

「ああ、あの時の明神さまの」

てまりは懐かしげに言って、それをひょいと指で摘むと天に翳《かざ》してみせた。

「おみの姉さん、見えるかい。明神さまの銀杏の葉だよ」

偽りだらけの五日間の中で、偽らないものが確かにあった。おみのがてまりを、てまりがおみのを大切に思う気持ちに嘘はなかったのだ。時雨に濡れながらも、銀杏の葉を天に翳すてまりの姿に、それまで揺れていたお縁の気持ちが定まった。

おみのさんが犯した罪も、枯れ井戸に捨て置かれた菊次の亡骸のことも、すべて、この胸に秘めたまま生きていこう——偽り時雨に濡れながら、お縁はそう決めたのだった。

見送り坂暮色

一

下落合は坂の村だ。しかし、源頼朝《みなもとのよりとも》が拓《ひら》いた、という伝承の残る七曲坂《ななまがり》の他は、ほとんどが無名の坂ばかりであった。

その七曲坂は、氷川《ひかわ》社の裏手から、名の通りにうねうねと身をくねらせて山中深く伸びている。途中、御留《おとめ》山を避けて西へ入る脇道があり、その道を上った先に、お縁の暮らす青泉寺はあった。したがって、青泉寺に運び込まれる亡骸《なきがら》は、必ずこの脇道を通ることになる。

七曲坂を行く土地の者は、戸板に乗せられた骸《むくろ》が通るたび、静かに道を譲り、葬列が左に折れて上って行くのを頭を垂れて見送るのが常であった。それゆえに、いつしかこの脇道は「見送り坂」と呼ばれるようになっていた。

「正縁、疲れただろう？」

遠出の湯灌《ゆかん》を終えての帰り道、見送り坂まで来た時に、正念が背後のお縁を振り返って労《いたわ》った。享和《きょうわ》三年（一八〇三）春、麻疹《はしか》が大流行しており、死者の数も日に日に増える一方だった。お縁は青泉寺でも、また請われれば遠方の寺でも、湯灌場に立つ。十九歳の三昧聖《さんまいひじり》は無我夢中で、疲れを覚える暇《いとま》もなかった。

大丈夫です、とお縁は正念に笑顔を向け、ふと、彼の足元の草に目を留める。柔らかな薄緑の葉から三寸ほどの軸が伸び、その先に、小さな蕾《つぼみ》が群れていた。お縁の視線に気付いて、正念は、ああ、と身を屈めた。

「危うく踏んでしまうところだった」

「母子草ですね。畦道《あぜみち》と間違えたのかしら、こんなところに根付くなんて」

お縁は手を差し伸べて、草をそっと撫《な》でる。葉の表面を覆《おお》う白い産毛《うぶげ》が掌《てのひら》をくすぐった。母子草か、と正念は口元を綻《ほころ》ばせる。

「正縁は随分と懐かしい物言いをするね」

春の七草のひとつ、御形《おぎょう》をそう呼ぶことを、お縁に教えてくれた人がいた。後に実母と知れた桜花堂の女将《おかみ》、お香である。お香の優しい面影を母子草に重ねて、お縁はふっと涙ぐみそうになった。それを悟られぬように、わざと明るく正念に話しかける。

「お節句《せっく》のお餅《もち》に練り入れると美味《おい》しいですよね」

「おやおや、どうやら正縁はお前を食べてしまうつもりだよ」

正念は肩を揺らして笑い、立ち上がると優しい眼差しをお縁に向けた。

「せっかくこの道に根付いたのだ。見逃してあげなさい」

はい、と素直に頷《うなず》くお縁を見て、正念は頬を緩めるとゆっくりと歩き始めた。見送り坂には御形が所々で萌黄《もえぎ》色の固い蕾を抱いており、正念はそれを避けて軽やかに歩む。春の日差しがその黒い法衣《ほうえ》に吸い込まれていく。正念さまは陽だまりのようなお方だわ、と思いながらお縁はその背中を追った。

「正念さま」

寺門を出たり入ったりして、その帰りを待ちかねていたのだろう、毛坊主の三太が正念の姿を認めて、転がるように駆け寄った。

「先ほどからお客様がお待ちです」

寺門の外に待機している二挺の駕籠《かご》に目をやって、正念は、頷く。

「通夜堂でお待ちなのだね？」

「いえ、本堂の方へお通ししました」

「本堂へ？」

正念が訝《いぶか》しげな表情を見せた。客人の乗って来た駕籠は、囲いのある塗り駕籠で宝《ほう》仙寺《せんじ》と呼ばれる上物である。青泉寺では、身分のある葬家が世間を憚《はばか》って弔《とむら》いをする場合に、そうした駕籠で亡骸を運んで来ることが希《まれ》にあった。亡骸が一緒ならば、当然、通夜堂に通されるのだが。

「客人はお二人か？」

「いえ、お一人です。随分とご高齢なお武家さまで、何か事情がありそうなのでお名前は伺っておりません」

「承知した。お目にかかろう。正縁、先に本堂へお茶を頼む」

お客は一人で、駕籠は二挺。はて、と小首を傾げて駕籠を眺めていたお縁は、慌てて、はい、と庫裏《くり》に向かって駆け出した。

青泉寺の本堂からは、庭の松の眺めがとてもよい。古希《こき》（七十歳）をとうに過ぎたと思《おぼ》しき客人は、背中を丸めて松を愛《め》で、お縁が運んだ茶に手を伸ばした。

「住職は、確か、正真さまと申されたな。今もお達者か？」

「はい。息災でございます」

そうか、と老人は頷いた。

「昔、そう、十七年ばかり前になるかのう。罪人に法衣を掛けて助命嘆願した、という逸話を耳にしたことがある。今もそのお人柄は変わらないのであろうな」

初めて耳にする話だった。お縁の瞳が一瞬、大きく開かれるのを見て、老人は素早く話を切り替えた。

「正念さまというのは、どういうお方なのだね？　歳の頃は？　三十三、四、と聞いておるが相違ないか？」

相手の思惑を量りかねて、お縁が返事を躊躇《ためら》っている時、渡り廊下を静かに歩いて来る正念の気配がした。

吹き抜ける春風にも法衣《ほうえ》の裾を乱すことなく、正念が本堂に入る。

老人が僧侶に目を転じた。二人の視線が合う。瞬間、正念がはっと息を呑んだ。顔色が変わっている。それを認めたのだろう、老人が弾かれたように後ろに退き、畳に額を擦《こす》り付けた。

「若、お久しゅうございます」

思いがけない呼称に、お縁は驚いて腰を浮かした。平伏する老人の白髪をしばし無言で眺めていた正念が、ゆっくりと端座する。すでに、その表情から先の動揺は去っていた。あれは見間違いだったのかしら、とお縁が思うほどに、戸惑いの片鱗《へんりん》さえ残っていなかった。

「どうぞ、お顔を」

言われて老人が顔を上げると、正念は、平《たい》らかな声で続けた。

「拙僧は正念と申す者。お目にかかるのは初めてかと存じます」

丁寧に一礼する正念に、老人はにじり寄る。

「お戯《たわむ》れを。今はおいぼれの隠居の身とはいえ、この水澤重之進《みずさわじゅうのしん》、長きに渡りお世話申し上げた若君、宣則《のぶのり》さまのご尊顔を見誤ることなど決してござりませぬぞ」

お許しを、と言うや否《いな》や、老人は手を伸ばして正念の腕を取った。

「時が惜しゅうございます。ご生母お咲《さく》の方さま、いや、咲也《さくや》さまがご危篤の由、お知らせに参りました。さ、早《はよ》う私と共に」

立ち去る機会を逃して、お縁はおろおろと成り行きを見守る。正念は老人の腕をそっと外し、首を横に振った。

「お人違いかと存じます」

「宣則さま」

「先刻申し上げた通り、我が名は正念にございます」

正念の口調は、揺れることのない、淡々としたものだった。

「人違いである以上、お力になれることはございますまい。これにて失礼いたします」

静かに立ち上がり、本堂を去ろうとする正念の足もとに、老人は追い縋《すが》った。

「お待ちくだされ。それでは一つ、一つだけお聞かせ頂こう」

真っ直ぐに前を向いたまま、正念は足を止めた。

「何なりと」

「人違いとして……人違いとして、そこもとのご母堂が危篤との知らせが参ったとしたら、何とされる？」

「何もいたしませぬ。仏門に入った時より俗世との縁は断ち切っておりますゆえ」

さらりと言い捨てて、正念は本堂を出て行った。いつからそこにいたのか、三太が入り口脇で腰が抜けたように座り込んでいる。重之進と名乗った老人は、がっくりと両肩を落としてしばしの間、動かなかった。

二

「じゃあ、そのご隠居はそのまま帰っちまったのか」

「ああ。正念さまは部屋にこもったきりだし、ご隠居は俺と正縁に送られて、倒れこむように駕籠に乗って行っちまったよ」

夜、三太から事のあらましを聞いた市次が、ううむ、と難しい顔で腕を組んだ。彼と仁平は正真の供で先刻まで外に出ていたのだ。

「若だのご生母だの、穏やかじゃねえな。それだけ聞けば、正念さまは、どこぞの殿様の落とし胤《だね》、ってことになっちまう」

市次の言葉に、仁平が眉根を寄せた。

「よしなって。ご出家前の身分がどうでも、正念さまは正念さまじゃねえか。俺は詮索は好かない」

「詮索したい訳じゃねえや。確かに最初に聞いた時は肝も冷えたし、色々と考えもした。けど、正念さまが何も仰《おつしゃ》らない以上、こっちも知らん振りを通すつもりと決めてらあ。ただ、おっかさんの死に目ぐらいは……せめてそれぐらいはよ」

憤《いきどお》った口調でまくし立てていた三太だが、ふいに声を落としてこう言い添えた。

「最期にひと目、逢いたい、逢わせたい。そう思うのが人情ってもんじゃねえのか」

三太の言葉に、お縁は思わず頷いていた。ひと目、ひと目でいいから逢いたい。そう願いながら叶えられずに亡くなる者の無念を、お縁は知っていた。

「そいつは土台、無理な話だぜ」

三太とお縁を交互に見て、市次が腕組みを解く。

「肉親の情に縛られるようじゃあ出家者とは言えねえ。三太もお縁坊も、それはわかっちゃいるんだろ？」

市次にそう言われては、三太もお縁も黙って俯《うつむ》くより他なかった。

翌朝、お縁の目は寝不足のため赤かった。それを悟られぬように桶《おけ》を持って湧き水を汲みに表へ出る。朝の支度に間に合うように、と水の入った桶を抱えて小走りで寺門まで戻ると、額に汗が浮いた。何気なく袖で拭って、お縁は、いけない、と呟いた。何でも着物の袖で拭ってしまう子供の頃からの悪い癖が、未《いま》だに治らないのだ。密かに頬を染めて、誰かに見られはしなかったか、と周囲を見回した。と、通夜堂の前に佇《たたず》む人影がある。

丁寧に島田に結い上げた髪、地味ながら裾に梅をあしらった黒地小紋の小袖をたおやかに着こなし、帯はきっちりと文庫に結ばれている。後ろ姿の美しさに、お縁は思わず汗で濡れた袖を背中に隠した。

「あの」

お縁の声に、女は驚いたように振り向く。年の頃、二十一、二。地味な形《なり》にしては随分と若い。だがその顔を見て、今度はお縁の方が驚いて息を呑んだ。面差しが、正念に似ていたのだ。理知的な目元や形のよい頤《おとがい》など、そっくりと言っていい。何かご用でしょうか、と問うのも忘れて、お縁は彼女の顔を見つめていた。気まずい沈黙の後、彼女はおずおずと口を開いた。

「こちらの正念さまにお目にかかりたいのですが」

その声が震えている。お縁は我に返って、どうぞこちらへ、と彼女を本堂へと導いた。この時間、本堂には住職の正真が詰めている。正念に直接会わせる前に、まず住職に会ってもらおう、と咄嗟《とっさ》に判断したお縁だった。

「私は、尾嶋多聞《おじまたもん》の娘、あや女《め》と申します。故《ゆえ》あって何処《いずこ》の家中かは伏せさせて頂きとう存じます」

ひんやりと空気の冷えた本堂。あや女は自らを名乗ると、正真に深く頭を下げた。お縁がそっと退出しようとするのを、正真が目で制した。仕方なく、お縁は正真の後ろに控える。

「私の母は、咲也と申します。宣則さま、いえ、正念さまはその長子、私にとっては異父兄に当たるのでございます。兄とは未だ面識はございませぬが、今、母が重い病いで明日をも知れぬ身。何としても兄に母を見舞って頂きたく、住職さまからもお口添えのほど、何とぞよろしゅうお願い申し上げます」

「あや女殿、昨日からの経緯は一切承知。母御《ははご》のこと、拙僧からも重々お見舞い申し上げますぞ」

正真は、穏やかな声で、しかしきっぱりとこう続けた。

「だが、正念は参りますまい。出家者とはそうしたもの」

「そんな惨《むご》い……」

あや女が、血の気の失せた顔を上げる。

「住職さま、それはあまりと言えばあまりに惨うございます」

わななく唇でなおも懇願しようとしたその折も折、事情を知らない正念が、本堂に入って来たのである。血の直感だろうか、あや女は、素早く立ち上がり、正念の傍に体を投げ出すように座した。

「兄上、兄上でございましょう？　母上が危のうございます。どうぞ私と一緒にいらしてくださいませ」

正念の双眸が、大きく見開かれた。しかしそれはほんの一瞬で、いつも通りの静かな表情に戻った正念は、すっと腰を落とした。

「私は、俗世のあらゆる縁を断ち切った出家者。もはや肉親などおりませぬ」

あや女は、正念によく似た目を大きく見張り、身を乗り出して正念の前に両手をついた。

「出家者といえども、人ではありませぬか。よもや、人の情というのをお忘れではございますまい」

返答しない正念に、あや女はさらに迫る。

「兄上もご存知の通り、母上は目がお見えになりませぬ。そのように不自由な身でありながら、神仏に祈るのはいつも、いつも、自身の眼病の平癒《へいゆ》ではなく兄上と私のことばかりだったのですよ。その母上が今わの際《きわ》にいらっしゃるのに、それでもお会いにならないと？」

正念はしばし、無言であや女を見た。その瞳には何の感情もこもっていないようだった。そうして泰然と立ち上がると、こう言い放った。

「すでに申し上げた通り、拙僧には一切関係のないこと。幾度請われようとも、同じ返事しか差し上げられぬ。これにて失礼」

お縁も聞いたことのない、ぞっとするほど冷ややかな声だった。

あや女は、凍りついたように固まり、本堂を出て行く正念の後ろ姿をただ呆然と見送った。渡り廊下を歩く正念の姿がすっかり見えなくなると、その瞳から噴き出すように涙が溢れ、畳に落ちた。頬を拭うことも忘れているその娘に声をかけず、正真も静かに本堂を後にした。お縁ひとりが息を詰めて、見守っていた。

「みっともないところをお見せしてしまって……」

ひとしきり涙を流して落ち着いたのか、本堂を去りながら、あや女はお縁に詫びた。いえ、と首を横に振りながら、お縁はこうした場合、何と慰めるべきか言葉を捜しあぐねていた。ふと見ると、あや女の右足袋《たび》の、丁度鼻緒で擦れる辺りに血が滲んでいる。

「あや女さま、おみ足が」

お縁に言われて、あや女はうろたえた。

「まあ、こんな汚れた足袋で本堂に上がっていただなんて……」

「そのようなお気遣いは無用です。それより手当てをしないと」

お縁は、あや女を通夜堂の一室へと誘い、足袋を脱がせた。

「これは……」

皮膚がべろりと剝《む》けて、見るからに痛そうだった。水で傷を洗い、蕗《ふき》の葉を揉んで患部に貼る。あや女の顔が苦痛に歪《ゆが》んだ。

「痛むでしょうが、こうしておけば化膿しませんから」

「ありがとう。市ヶ谷からここまで、慣れぬ道を歩き通したので、痛めてしまったのでしょう」

あや女の言う市ヶ谷は、市ヶ谷御門近くのことのようだった。長い距離を慣れぬ足で歩き通したのにも拘わらず、装いに少しも乱れがないところに、あや女の心根が垣間見える。

「昨日、水澤さまがお駕籠で伺って同行を拒まれたと聞きました。ならば私は徒歩で、と意地を張ってしまったのです」

何もかも無駄になってしまったけれど、と小さな声で呟いて、あや女は肩を落とした。落胆が傷の痛みを思い出させたのか、通夜堂を出る時には右足を引き摺っていた。内藤新宿まで出れば宿駕籠があるから、そこまで送らせて欲しい、というお縁の申し出を、あや女は遠慮がちに、しかし有り難く受けたのだった。

お縁の腕に摑《つか》まって見送り坂を下る間、あや女はずっと無言だった。七曲坂に差し掛かった頃、ようやく思い出したように口を開いた。

「あの、お名前を伺っても？」

言われて初めて、お縁は自分がまだ名乗っていなかったことを思い出した。お縁は名前と、青泉寺の湯灌に携わっていることを告げる。湯灌？　とあや女は小首を傾げた。

「湯灌というのは、亡骸を洗い清める、というあれでしょうか？」

はい、と頷きながら、お縁は自然と心の中で構えた。湯灌に関わるお縁たちのような者のことを「屍《かばね》洗い」などと見下げる輩《やから》は決して少なくない。あや女もそうだとしたら、と胸に不安の影が差したのだ。しかし、あや女は、そう、と短く応えたきり、寂しそうな顔で春天に浮かぶ淡雲を目で追った。墓寺である青泉寺で、正念もまた湯灌に関わっているだろうことを察した様子だった。あや女もお縁も押し黙ったまま、歩く。

神田上水に架かる橋の半ばまで来た時、あや女が急に足を止めた。

「正縁さん、差し支えなければ、あなたがなぜ、湯灌に携わるようになったか、教えて頂けませんか？」

思い詰めた目だった。即座にお縁は、この人には自分の身に起きたことを話そうと決めた。妻敵《めがたき》討ちの放浪の果てに亡くなった父。青泉寺に引き取られてからの日々。お縁はそれらをかいつまんで話した。息を殺してお縁の話に耳を傾けていたあや女は、聞き終えるとそっと瞼《まぶた》を拭った。辛《つら》い身の上を話したことが、あや女の気持ちを解いたのだろう、今度は彼女の方から話し始めた。

「私の母は、倹《つま》しい御家人の娘でしたが、さる藩主に見初《みそ》められて齢《よわい》十五で側室となり、寵愛を受け男の子を生みました。正室や他の側室も子宝に恵まれており、その子は藩主にとって八人めの男子。誰からも何の期待もされぬ存在でした。庶子は一定の年齢に達すると国許で養育されます。兄も、家臣、水澤重之進さま――昨日、青泉寺を訪ねたかたです――の国許のお屋敷で養育されておりました。他方、江戸藩邸で暮らしておりました母は眼病を患い、視力もほとんど失ったことにより、藩主から疎《うと》まれ、定府の家臣に払い下げられてしまったのです」

藩主が病いの側室を家臣に払い下げる。それでは側室は品物と同じではないか。どこの藩主かは知らないが、正念の母に対するあまりの仕打ちに、お縁の胸に言いようのない怒りが込み上げる。だが、とお縁はあることに気付いて視線を泳がせた。正念の父親がその藩主ならば、あや女の父というのは……。

「では、その家臣というのは、もしや」

ええ、とあや女は苦しげに頷いた。

「私の父なのです。当時、納戸《なんど》役としてたまたま些細《ささい》な手柄を立てた父に、これ幸いとばかり、用済みとなった側室が抱え屋敷内の質素な家と共に下げ渡されたのです。父は当初、拝領妻を得たことで、周囲から益体《やくたい》もないことを言われたようです。ただ、これは両親の名誉のために申しますが、父は母を慈しみ、母もまた父を慕い、傍《はた》目《め》にも仲睦まじい夫婦でした。そして二人の間に私が生まれたのです」

咲也の生んだ男児が庶子としての立場でいる限り、何の問題もなかった。だが、三年ほどの間に、藩主の嫡男《ちゃくなん》を含め六人の男子が流行《はや》り病で次々と他界した。七人目に当たる庶子が新たに嫡男と定められ、宣則と名付けられた八番目の子が「お控えさま」として、下総《しもうさ》の国許から呼び戻された。宣則、当時十四歳。勇んで戻ってみれば、母親は家臣に下げ渡され、おまけに赤子まで儲《もう》けている。

「兄にすれば、どれほど驚愕したことか。それは私も存分に忖度《そんたく》出来ます。なれど、それからの兄はあまりに冷酷でした」

咲也からの文を一切受け取らず、ましてや屋敷を訪れることなどない。湯島聖堂に勉学に通っていると聞き、見えぬ目を押してそこを訪ねて面談を願った母を、すげなく追い払ったとの由。

「あれは母などではない——兄は常々、周囲にそう漏らしていたそうです。十七歳の時に、藩主嫡男が亡くなり、兄に嗣子《しし》の座が巡って来た時も、母はお祝いを述べることさえ拒まれたのです。せめても、と人を介して差し上げた祝いのお軸さえ、わざわざ引き裂いて返して寄越したと聞いています」

お縁の知る正念からは、あまりにかけ離れた話だった。

「きっと何か事情が……」

かすれ声のお縁に、事情も何も、とあや女は首を横に振った。

「親を見舞うこともせず、その死に目に会わない、というのは、出家者ならば道理かも知れませせぬ。なれど俗世にあった時からすでに、兄が母を疎んじていたことは確かなこと。それに今日、初めて兄と会って、よくわかりました。兄は、母のことを心の底から憎んでいるに相違ないのです。おそらく今もなお」

「あや女さま、それは違います」

正念さまはそんなおかたではない、とお縁が言い募れば言い募るほど、あや女の顔が強張《こわば》る。確かに、今日の正念の態度を見れば、あや女のように思うのは無理もなかった。お縁は困惑し、黙り込んだ。

二人の脇を旅人が慌しく行き交う。往来の邪魔をしていることに気付いたあや女は、お縁を促して橋を渡った。幸い、青梅道に入るまでもなく、三光院稲荷の手前で辻駕籠を拾うことが出来た。辻駕籠に乗り込む前に、あや女はお縁の手を握り締めた。

「母は心の臓から来る浮腫《むくみ》がひどく、医者の見立てでは持って二、三日とのことです。そのこと、正縁さんから兄の耳に入れて頂けませぬか？」

こっくりとお縁は頷いてみせた。しかし、頼んだあや女にも、受けたお縁にも、正念の心が動くことがないのはわかっていた。

三

障子越しに月影が冴え冴えと明るい。

お縁は二晩続きで寝付かれぬ夜を迎えていた。目を閉じると、あや女の顔が浮かんで来る。その声が耳に蘇る。

――兄は、母のことを心の底から憎んでいるに相違ないのです
激しく頭を振って、その声を払う。敬愛して止まない正念。温厚で慈愛に満ちたその人柄を、これまで一度たりとも疑ったことはない。何か事情があるのだ、きっと何か。胸のうちでそう繰り返しながらも、たとえるなら紙魚《しみ》ひとつない白布に、ぽとりと落ちた墨汁がじわじわと広がっていくような。言い知れぬ不安にお縁は両の耳を押さえた。ふと、あや女の話していた「湯島聖堂」という言葉を思い出す。江戸に呼び戻された正念がそこで勉学に励んでいた、と聞いた。お縁は、ああ、と声を漏らす。

『それであの時』

昨年のことだ。神田明神の岡場所の遊女てまりに頼まれて、おみのの元へ駆けつける途中、「正縁、ご覧。湯島の聖堂だ」と指差して教えてくれたのは他ならぬ正念だ

——孔子様をおまつりする廟《びょう》だよ。私塾も開かれていて、学問を志す者の聖地なのだった。

正念の懐かしそうな口調が思い出される。

『そうだ、あの時は確か……』

外濠を右手に見ながら船河原橋を渡り、武家屋敷地を行く時に目にした、正念の異様に緊張した背中を思い返す。いつもはお縁を気遣う正念なのに、あの時は背後のお縁を振り向くこともしなかったのだ。

『水道橋まで辿り着いた時、確か正念さまは「ここまで来れば大丈夫」とおっしゃったのだ。あの時は深く考えなかったけれど……』

もしや、江戸藩邸——藩主の暮らす上屋敷というのが、あの辺りにあるのではないか。あや女の口から「下総」という国名が漏れたが、それと上屋敷の場所とを照合すれば、どこのご家中か知ることはさほど難しくないかも知れない。そう考え付いたが、お縁は、いや、と首を左右に振った。それをすれば、「詮索」になってしまう。

ただ、とお縁は思う。正念さまがあれほどまでに警戒したということは、今なお、何かわだかまるものがあるのではないか。

むくむくと不安が胸に湧いて来て、お縁は、がばと起き上がった。彼女は部屋を抜け出すと、足音を忍ばせて本堂に向かった。

月明かりが斜めに差し込む本堂。お縁は本尊に向かって合掌し、深く頭を垂れた。正念さまをお守りください、と幾度も繰り返した後、咲也のことを祈った。そうせずにはいられなかった。

——子を愛しいと思う気持ちを育むこともできず

かつてそう語ったお香の哀しみも、今のお縁には理解できる。母、咲也の苦しみが、正念にわからぬはずはないのだ。だが、とお縁は首を振り、合わせていた手を解いた。

俗世の縁に囚《とら》われ過ぎている。お縁はそんな自身を恥じた。

月下、青く照らし出されている両の掌に視線を落とす。十五の歳から新仏を洗い清めて来たその手は、しかし随分と華奢《きゃしゃ》で心もとなく見えた。

あや女から聞いていた、咲也の命の期限の三日は、瞬《また》く間に過ぎていた。結局、お縁は正念に何も言えないままだった。おろおろと気が気でないお縁をよそに、正念はいつもと変わらず熱心に修行に励み、慈愛をもって湯灌場で死者を洗い清めた。正念の態度が平素と少しも変わらなかったため、毛坊主たちも件《くだん》のことは忘れた顔で過ごしていた。湯灌の後の湯の始末をしながら、お縁はふと、

『正念さまは、藩主の跡を取るのを厭《いと》うて出家されたのかしら。それとも、出家なさりたいから、藩主の跡目を蹴ったのかしら』

と思った。しかし、どちらでもあまり関係のないことだと自身に言い聞かせ、桶の残りの湯を竹林の根にそっと撒《ま》いた。

青泉寺に戻ると、毛坊主の市次が、お縁の代わりに住職の白衣を洗って干しているところだった。詫びるお縁に、市次は、

「手の空いてる者がすりゃあ済むことだ」

と笑った。風に翻《ひるがえ》る白衣を見ているうちに、お縁は、先達ての重之進の言葉を思い出した。正真が罪人に法衣をかけて助命嘆願した、というあれだ。

「ねえ、市次さん、僧侶が罪人に法衣を掛けることで助命できるって本当？」

「お縁坊、随分と風流なことを知ってるんだな」

市次は目を丸くしてお縁を見た。

「古い話だが、あるにはあるぜ。今にも処刑されようとする罪人に、僧侶がぱっと袈《け》裟《さ》を掛けて、『一命に賭けて申し請《う》けたし候』と叫べば助命が叶《かな》うって話だった」

「それで誰でも救えるの？」

「いや、それはありえねえ。たとえば親殺しや主君殺しのような極悪非道の罪人なら許されるわけがない。袈裟掛けで救えるのは、黙って見捨てるには忍びない、けれど他に救う手立てはない、って場合だけだ」

そう、とお縁は頷いた。

「正真さまや正念さまは、その袈裟掛けをなされたことはあるの？」

途端に、市次が噴き出した。

「ばか言っちゃいけない。もしお二人のうち、どちらかでもそんなことをなさっていたら、人の口に上って偉い騒ぎになってるさ。三昧聖の湯灌で名の知れたこの青泉寺に、今度は助命嘆願のための行列が出来ちまう」

市次の言うのは道理だった。ならば、あの話は一体何だったのだろう。何かの喩《たと》え話だったのだろうか、とお縁は首を傾げるのだった。

翌朝。

まだ早い時間に、青泉寺を訪れた者があった。市ヶ谷柳町の願光寺《がんこう》からの使者ということで、お縁は彼を本堂に通した。正真と正念とに来客を告げると、お縁はそのまま庫裏に戻り、毛坊主たちと朝餉《あさげ》の仕度に取り掛かる。

「市ヶ谷の願光寺？」

市次が蕗の筋を取りながら、首を傾げた。

「知っちゃあいるが、これまでうちとはご縁がなかったはずだ」

「そりゃそうさ。あそこには立派な火屋がある」

沢庵《たくあん》を刻みながら三太が言い、ひょいと一片を口に放り込んで、

「場所柄、武家の檀家が多そうだな。厄介ごとでなければいいが」

と言い添えた。

青泉寺は寺社奉行の支配に属さない墓寺ゆえに、武家同士の争いごとに発展しそうな亡骸が、菩提寺《ぼだいじ》を通じて運び込まれることがままあったのだ。

市ヶ谷、寺、武家の檀家、という言葉を何気なく胸の内で繋いでいたお縁が、はっと顔を上げた。

もしや。

正念の母、咲也が亡くなったのではないか。

「正縁」

ふいに名前を呼ばれて、お縁は味噌漉《こ》しを手から取り落としそうになった。庫裏の戸口で、仁平がお縁を呼んでいる。

「本堂で正真さまがお呼びだぜ」

味噌汁は俺が作っておくから、と仁平は言い、お縁が通りやすいように身を譲った。

本堂では、願光寺の使者と、正真と正念とが対峙していた。お縁は、正念の斜め後ろに座り、使者に丁寧に頭を下げた。

「あや女殿の母御が先刻、亡くなられたそうじゃ」

正真の言葉に、お縁は、唇をきゅっと結んで正念に視線を向ける。

表情は見えないが、佇《たたず》まいはいつもの落ち着いた正念だった。

「こちらが三昧聖と申されるおかたか？」

使者は、正真に確認を取ると、改めてお縁に向き直った。

「当寺は尾嶋家代々の菩提寺。このたび、尾嶋多聞さま奥方、咲也さまの葬儀を執《と》り行なうことになりもうした。通夜ならびに葬儀は当方で行なうこととして、葬家よりのたっての願いで、三昧聖による湯灌をお願いしに参った。支度一切は当方にお任せ頂いて、明日、出向いて頂けまいか？」

正真がお縁に頷いてみせるのを見て、お縁は畳に両手をつくと、

「お引き受けいたします」

と答えた。それから使者に、ひとつお願いがございます、と添える。

「何なりと申されよ」

「咲也さま、もしくは、あや女さまご愛用の紅がございましたら、それを当日、拝借したいのです」

紅？　と使者は首を捻《ひね》ったが、葬家から借りることを約束した。

お縁と三太が寺門まで、使者を見送りに出た。会釈して遠ざかる使者の後ろ姿に、三太が軽く舌打ちをする。

「檀家にお武家が多いと、下っ端の言葉遣いまで武家風になるのかねえ。堅苦しいったらありゃしねえ」

お縁は使者の背中に目をやったまま、ねえ、三太さん、と口を開いた。

「明日の湯灌、正念さまも私と一緒に行ってくださるかしら？」

そいつはどうかな、と三太は首を捻る。

「先方は、万事準備しておく、って言ったんだろ？　だったら、別に正念さまが同行する必要はないんじゃねえか？　それに、言いたかないが、親の死に目に会うことさえも拒んだ正念さまだ。湯灌なら行く、って法もないだろ」

俺にはやっぱり出家者の気持ちはわからねえ、と三太はぼそりと呟いた。

その日も、青泉寺では麻疹《はしか》のために亡くなった新仏の湯灌が二件予定されていた。一人は七歳の童女、もう一人は三十代の男性だった。

「お縁坊、子供の湯灌はふた親が自分たちでやりたい、と言ってるが、構わねえか？」

市次に問われて、お縁は、ええ、と頷いた。救われた気分だった。

三昧聖のお縁にとって、何よりも辛いのは幼子の湯灌だ。長患いなら、頰に綿を詰めたり、少し紅を差して元気そうにみせてやることも出来る。けれど、数日前まで元気に走り回っていた子供が急に、というような場合、その子のためにしてやれることはあまりない。

死の意味がよくわからぬまま逝《い》ってしまった幼子は、湯灌の盥《たらい》に浮かべられると、きょとんとして「どうして？」と言いたげな顔をお縁に向ける。物言わぬ骸のはずが、お縁にはそう問いかけて来るように感じるのだ。それが何より辛かった。お縁は、ふた親が我が子を湯灌するさまを、少し離れた位置から静かに見守った。

子供の骸が火屋へ移されると、お縁は次の湯灌の準備にかかる。三太と手分けして使った湯を決まり通りに処理し、桶を洗い、新たに水を汲み、湯を沸かす。

「三昧聖てえのは、あんたかい？」

壮年の男が、老女の手を引いて湯灌場にやって来た。はい、とお縁が頷くと、男は老女の手を取って、お縁に近づける。

「おかねさん、あんたの会いたがってた三昧聖だぜ」

お縁は老女の目が見えないことに気付くと、自分から老女の手を取った。老女は皺《しわ》だらけの手でお縁の手を握り、額に押し頂く。

「これが、倅《せがれ》をお浄土に送ってくださる手だね。これが三昧聖の」

お縁がこれから湯灌する新仏の、母親だった。

「母ひとり子ひとりだったんだ。いい歳して、嫁も貰わねえで逝っちまって」

男は、そう言ってぐずぐずと鼻を鳴らす。頼りにしていた息子に先立たれた老女の心細さはいかばかりか。お縁には慰める言葉もなく、ただ、小さな声で、心を込めて務めさせて頂きます、とだけ告げた。

正真の読経を合図に、青年の湯灌が始まった。正念とお縁とで呼吸を揃え、逆さ水を満たした盥に新仏を入れる。発疹だらけの身体を丁寧に丁寧に洗い清める。洗い終わり、剃髪をして、帷子《かたびら》を着せ掛ける時、お縁は老女の手を引いて新仏の傍《かたわ》らに導いた。老女は両手を差し伸べて、息子の頭を、顔を、優しく撫で続ける。

「倅よ、倅。もし、『親より先に死ぬとは順序が逆だ』とあの世で閻魔《えんま》さまに叱られたら、『おっかさんはおっつけ来ます』と言うんだよ。三途《さんず》の川を渡してくれないというのなら、おっかさんが逝くまで待ってるんだよ」

母の見えぬ目から涙が滴《したた》り落ちて、息子の帷子を濡らす。お縁の脇に控えていた三太の口から嗚咽《おえつ》が洩れた。親が子を失う悲しみに、子供の年齢は関係ないのだ。目立たぬように涙を払おうとして、お縁はそっと顔を背けた。正念の姿が視界に入る。筵《むしろ》に膝をついて待機している正念の双眸が、それとわかるほどに潤《うる》んでいた。お縁は、はっと瞠目《どうもく》する。それまで、湯灌場で一度たりとも感情に飲まれたことのない正念なのだ。だからこそ、その涙はお縁の胸を貫いた。

「その必要はない」

夜。お縁から明朝の願光寺への同行を頼まれた正念は、それをあっさりと跳ね除《の》けた。取り付く島もない口調だった。お縁は、本堂から出て行く正念を追って、渡り廊下を走る。

「お待ちください、正念さま」

正念は振り向きもしない。だが、お縁は諦《あきら》めなかった。昼間、湯灌場で見た正念の涙が忘れられなかった。あの時、正念の脳裏にあったのは、同じく目の見えぬ母、咲也ではなかったのか。咲也をあの老女に重ねて見ていたのではないのか。お縁は正念を追い越し、先回りして両手を広げた。

「通せんぼ、か」

お縁の子供じみた仕草に、正念は思わず苦笑する。

「退《の》きなさい、部屋へ戻れない」

「正念さまのご信心《しんじん》には矛盾がございます」

「なに」

正念の顔から笑いが消えた。お縁はさっと正念の足元に平伏する。

「無礼を承知で申し上げます。咲也さまご存命の折り、お見舞いに行かぬ理由を、正念さまは『出家者ゆえ』とされました。俗世の縁を断ち切った出家者であるから、と。もしそれを通されるのならば、湯灌に立ち会わぬのは矛盾しております」

正念は、黙ってお縁を見詰めている。お縁は、視線を逸《そ》らさずに、言い募《つの》った。

「常日頃の正念さまならば、他所《よそ》での湯灌にも必ず同行なさいます。それを明日だけ行かぬ、と申されるのは、新仏が咲也さまだからではないのですか？　それこそ、まさに親子の縁に縛られていらっしゃるからではありませんか？」

「正縁の申す通りじゃ」

背後から声が掛かった。お縁が驚いて振り返ると、正真が庫裏から渡り廊下を渡って来るところだった。

「お師匠さま」

正念がその場に伏して、正真を迎える。正真は、正念の傍らに腰を落すと、やわらかに言った。

「正念、もうよい。もうよいのだ。咲也殿は仏になられた。拘《こだわ》ることなく逢うて来なさい」

その言葉に、正念は伏したまま身を震わせる。正真が立ち上がるのを見て、お縁もこれに倣《なら》った。二人して渡り廊下を庫裏へと戻る。

お縁がそっと振り返ると、正念は、まだ伏したまま身を震わせて泣いていた。深夜、通夜堂の襖《ふすま》を風が鳴らす。お縁は、行灯《あんどん》の火が揺れるのを気にしながら、針を動かしていた。縫っているのは、咲也のための帷子だった。無論、納棺の際に用いるものではない。

お縁には、三昧聖として湯灌の経験を重ねれば重ねるほど、「何とかせねば」と思うことがあった。それは、湯灌の際に、新仏を遺族の前で丸裸に剝いてしまうことだった。見る側、見られる側の羞恥《しゅうち》は、常にお縁の中にある。だが、もっと切実なのは、病いで著しく変化した肉体を遺族に晒《さら》すことの切なさだった。何か一枚、遮る布があれば、印象も違うだろう。湯灌の際に、帷子を亡骸にかけて盥に入れたらどうだろう、と思いついたのだ。

「さあ、出来た」

お縁は、縫い上がった帷子を広げて、そう呟いた。

四

翌朝、頭上には和《なご》やかに晴れた春の空が広がっていた。毛坊主たちに送られて、お縁と正念は願光寺に向けて立った。市ヶ谷柳町は、下落合からは存外、遠くない。神田上水を渡り、諏訪村を抜け、尾張屋敷を東に折れて五町ほど行けば、じきである。道中、正念はお縁とまったく言葉を交わさなかった。お縁は、正念の黙考を邪魔せぬように、少し離れて歩く。それでも正念は時々、お縁を振り返ってその姿を確認することを忘れなかった。願光寺に到着した二人は、僧侶たちに丁重に迎えられ、庫裏へと導かれた。一室を借りて、お縁は白麻の着物に着替える。縄帯を締め、袂《たもと》をからげて縄襷をきりりと結べば、気持ちが引き締まる。小さく畳んだ帷子と、髪を洗うための灰の入った壺を手にすると、お縁は部屋を出た。
敷地内の一隅に設けられた湯灌場には、万事準備が整えられており、すでに遺族らが待機していた。男は白麻の裃《かみしも》、女は白の小袖姿であった。前列、青ざめた顔のあや女と、おそらくはその父の尾嶋多聞であろう、穏やかな風貌の壮年の侍が控えている。共に憔悴《しょうすい》の色が滲みながら、悲しみの中でも背筋を伸ばし、姿勢を正しているのが印象的だった。すぐ後ろに水澤重之進の姿もある。あや女はお縁の姿を認めると、安堵した表情を見せた。しかし、入場して来た僧侶の列の中に、正念の姿を見つけた途端、その形相《ぎょうそう》が一変した。お縁には、
──母上の息のあるうちに駆けつけることもしないで、今さら
そう非難するあや女の心の声が聞こえた気がした。
一枚の青畳が湯灌場に運び込まれる。その上に、新仏が横たえられていた。正念の母、咲也であった。正念とあや女によく似た面差し。だが、闘病の苦悶のあとが歪《ゆが》んだ口元にありありと残る。家紋を染め抜いた小袖が裸体に掛けられていて、お縁にはそれがあや女の心遣いと知れた。願光寺の僧侶らによる読経が厳かに始まり、正念とお縁が新仏の傍に歩み寄った。お縁は、遺族の視界から新仏の下腹部が見えるのを遮る位置に跪《ひざまず》いた。正念が亡骸に掛けられていた小袖を剝《は》ぐ。

ああ、と思わず呻きそうになるのを、お縁は必死で堪えた。浮腫で張り裂けそうに膨らんだ腹部と下肢とが、咲也の病いの苦しみを偲《しの》ばせる。

お縁は、咄嗟に脇に置いた帷子を手に取った。さっと広げて、新仏の身体にふわりとかける。正念がはっとお縁を見た。お縁は、このままで、と正念に目で伝える。お縁の意図を理解した正念の瞳に、かすかに温かな光が宿った。

二人は息を合わせて、盥の中に咲也の亡骸を沈める。帷子は水を吸い、新仏の肌に貼り付いたが、それでも人々の視線から裸体を守る役割を見事に果たしていた。正念は、新仏を慈しむように洗い清める。顎を優しく揉んで硬直を解《ほど》くと、口腔に詰める綿が少なかったのか、腐敗臭の漂う体液が口から大量に流れた。だが彼は少しも厭《いと》わず、汚れた湯を丁寧に掬《すく》った。お縁はお縁で、水で溶いた灰を使って新仏の髪を解《ほぐ》し、湯の中で丁寧に洗った。亡骸を一旦、筵に移し、濡れた帷子を外して丁寧に拭ってから再び青畳に戻す。そして元通り小袖を裸体にかけた。

「新仏さまに帷子を」

正念に言われて、多聞とあや女が進み出た。手にした帷子はあや女が縫い上げたものだ。小袖を外し、お縁の手を借りながら、二人は緊張した手つきで咲也に帷子を着せる。新仏の手を合掌の形に組ませる時に、あや女の唇が小刻みに震えた。しかし、彼女は何とか泣かずに堪え通した。

父娘が下がると、お縁は櫛を取り出して咲也の髪を梳《けず》り、後ろで束ねた。髪が整うと、死化粧にかかる。幸い、浮腫は顔を侵《おか》してはいなかった。齢《よわい》五十と聞いていたが、頬はこけ落ち、目も窪《くぼ》んでいる。耳と鼻、口から体液が漏れ出していた。お縁はまず綿を詰め直してから、手桶の水で手を漱《すす》ぎ、懐《ふところ》にしまっておいた紅を取り出した。僧侶を通じてあや女から託された紅は二色。淡い色が咲也愛用の、若々しい赤があや女愛用の紅だと聞かされていた。お縁は色の薄い方を手の甲で溶いて、新仏の頬と瞼に載せ、指先で丁寧にぼかした。艶《あで》やかな紅は少量を唇に載せる。最後に両の親指で新仏の口角を押し上げると、そのままの姿勢を保った。そうして作業を終えると、新仏に一礼して後ろに下がった。

その場に居合わせた人々が、一斉に息を呑む気配がする。誰もが押し黙ったまま腰を浮かせた。そして引き寄せられるように亡骸を取り囲む。

あや女が低い声で、母上、と呟いた。

新仏は、何か楽しい夢でも見ているのか、口角を上げ、微笑んで眠っているようだった。その表情に、もはや病苦の痕《あと》はない。

「母上、もうお苦しみではないのですね」

あや女はもう一度、母上、と優しい声で呼んで、いとおしげにその頬を撫でる。堪えきれず、重之進が男泣きに泣いた。それを機に、人々の間から嗚咽が洩れた。多聞が零《こぼ》れそうに盛り上がった涙を堪えて両手をつき、お縁と正念に深々と頭を下げる。

「どうぞお顔をお上げください」

正念が、労《いたわ》りの滲む声で言った。だが、多聞は平伏したまま、

「御沙門《ごしゃもん》にお願いがございます」

と声を絞った。「宣則」ではなく、一介の僧侶として扱われたことで、正念は、多聞の願いを聞かぬわけにはいかなくなった。正念は喪主の傍に両膝をついて、お話しください、と促した。多聞は面《おもて》を上げて正念を見ると、込み上げてくる感情をおさめるためか、しばし黙り込んだ。やがて意を決したように口を開く。

「副葬の品として、亡き妻の好きな母子草を棺に入れ、お浄土に持たせてやりとう存じます。幸い、この寺の隅にも母子草が芽吹いております。御沙門手ずから手折《たお》りし母子草ならば、必ずや亡き妻もお浄土まで持参できるはず。何とぞお慈悲をもって、この願いお聞き届けくださりたく、伏してお願い申し上げます」

言い終えると多聞は、玉砂利に額を押し付けた。

「母子草……」

正念は、そう呟くと、天を仰いだ。

「私からもお願い申し上げます」

あや女が膝行《しっこう》して、正念の前に額《ぬか》ずいた。

「母は常日頃、野草の母子草を庭に増やし、ひとり愛《め》でておりました。正念さまに手折って頂いた母子草なら、母はきっとお守りとして胸に抱き、お浄土へ旅立ってくれると存じます」

正念は父娘に視線を移し、じっと考えたあと、願光寺の僧侶に案内を請うた。御形は、寺の一隅の陽だまりに群れている。正念が身を屈めてそれを手折る様子を、多聞は唇を引き結んで見守っていた。

座棺ではなく、檜《ひのき》の寝棺が用意され、新仏が納められた。正念は、自らの手で御形を新仏の手に持たせて、棺を閉じた。

「正縁、私たちの務めは終わったよ。そろそろお暇《いとま》しよう」

敷地内の火屋に向かう葬列を見守って、正念が淡々と言った。お縁は、遠ざかる棺と正念とをおろおろと交互に見た。今、ここを去れば、正念が縁者と会う機会はおそらく二度とは訪れまい。正念を引き止めたい、と思う。だが、一方で、もはや引き止める必要はない、とも思う。どうすべきかわからず、心は乱れる。お縁は自分が手に二つの紅を握り締めていることに気付いた。

「正念さま、私、この紅をあや女さまに直接お返ししたいと思います。今少し、こちらに残らせてくださいませ」

掌を開いて見せて、お縁は正念に訴える。正念は、温柔な表情で、正縁の望むままに、とだけ言って庫裏に向かって歩き出した。

ひと気のなくなった湯灌場で、お縁は自分の影に目を落として時の過ぎるのをじっと待った。どのくらいそうしていただろう。お縁は、所在なげに願光寺の本堂に視線を移し、屋根の向こうに細くたなびく一筋の煙を認めた。あの下あたりに火屋がある。お縁はそっと両の手を合わせて、頭を垂れた。

「ここにおられたのか」

重之進が、お縁を見つけて、おぼつかぬ足取りで歩み寄る。

「宣則さま、いや、正念さまはもう去られたか」

「はい」

そうか、やはりな、と老人は肩を落とした。

「三昧聖はなにゆえ、このような所においでなのだ?」

「あや女さまにお借りした紅をお返ししたくて、こちらで待たせて頂いております」

さようか、と重之進は言い、

「ならば、こちらへ参られよ」

と先に立って、お縁を導いた。

願光寺の火屋の前には、遺族が骨上げまで待機するためだろう、小さな堂が設けられていた。重之進にいざなわれて姿を見せたお縁を、あや女も多聞も温かく迎え入れる。あや女は、お縁から紅を受け取ると、死化粧の様子を思い出したのか、双眸を潤ませた。

「三昧聖、ご迷惑でなければ、今しばらくここにいて、我らの思い出話なりと付き合っては頂けぬか？」

重之進の言葉に、お縁は、はい、と素直に頷いた。だが、しばらくは誰も口をきかず、火屋から立ち上る煙を見送るばかりだった。

「正縁さん」

あや女が、突然、お縁に向き直って、畳に手をついた。

「あの日の言葉、私が不用意に申した言葉、どうかお忘れくださ い」

そう言って深々と頭を下げる。お縁は、慌てて畳に手を置いて身を乗り出した。

「あや女さま、どうぞお手を。お顔をお上げくださいませ」

いいえ、とあや女は首を振り、訝しげに見ている多聞と重之進に聞かせるように続けた。

「あの時、私は正縁さんにこう申したはずです。兄は、母のことを心の底から憎んでいるに相違ない。今なお憎んでいるのだ、と」

「あや女、お前、そのようなことを」

多聞が、驚いたように両眼を見開いた。あや女は、はい、と小さな声で言って、顔を上げた。

「ですが、兄上――今はそう呼ばせて頂きます――兄上の湯灌を見ていて、この愚かな妹にもはっきりとわかりました。母上を洗う手の優しいこと、見つめる眼差しの温かなこと。棺の中に母子草を入れているその横顔は、僧侶ではなく、母親の死を悼む息子のものでした。なのに、なのに、私は……」

それ以上は言葉にならず、あや女は畳に突っ伏して号泣した。それまで堪えていた悲しみが一気に噴き出したような、激しい泣き方だった。お縁はそっと手を伸ばし、泣き伏すあや女の背中を優しく撫でる。多聞も重之進も、あや女を泣かせるだけ泣かせるのをよしとしたのか、黙り込んだ。堂の入り口に植えられた雪柳が、風に揺れている。時折り、その花弁が季節外れの雪のように空に舞うのを、多聞の目が追っていた。

「正縁殿、この私も父として謝罪せねばなりますまい。この通り、どうぞお許し願いたい」

あや女が泣き止むのを見計らって、多聞はお縁に頭を下げた。

「娘が誤解するのも道理。私はこれに何ひとつ詳しい話を聞かせてはおりませぬ。あや女、宣則さまは過去一度たりとも、母上のことを疎ましく思われたことなどないのだよ」

後半、娘に言い聞かせる多聞の言葉を受けて、重之進が、その通りじゃ、と頷いてみせた。

「あや女殿は当時まだ赤子ゆえ覚えておられぬのも無理からぬ話だが、宣則さまは『お控えさま』の時には、幾度も多聞殿宅に母御をお訪ねになっておられた」

江戸藩邸に呼び戻された宣則は、当時十四歳。それも嗣子ではなく「お控え」という気楽な立場だったために、供も連れずに幾度かひとりで多聞宅を訪ねていた。藩主の側室が家臣に下げ渡されることは、他藩にも多くの前例がある。庶子宣則としては、やむなし、として受け入れるよりなかった。それよりも、尾嶋多聞が目の不自由な咲也を労り守って暮らす姿に、安堵している様子だった。

「その宣則さまのおみ足が遠のいたのは、嫡男の宣勝さまが重い疱瘡《ほうそう》にかかり、生死の境を彷徨《さまよ》われた頃だったと記憶しておる。そうであったな、多聞殿」

　多聞が頷くのを見て、重之進はさらに続けた。

　もとより病弱な宣勝であった。その身に何かあれば、宣則に嗣子の座が転がり込む。家臣一同、日々、固唾《かたず》を飲んで宣勝の病状を見守っていた。重之進はその日たまたま、多聞宅を訪れるという宣則に同行した。客間にいざなわれる途中、そう広くもない庭に出てあや女をあやす咲也の姿が目に入った。慌ててその来訪を告げようとする侍女を制し、宣則はしばらくそこに立ち止まったまま、じっと母娘の様子を凝視していた。目の見えぬ母、指さしを始めたあや女。渡りの途中か、のびたきが頭上でさえずり始めた。その声のする方を、母と娘は頬を寄せて眺めている。その情景を見守っていた宣則は、しかしふいに、踵《きびす》を返して多聞宅を退いた。

「帰り道で、宣則さまは拙者にこうお尋ねになられた。『重之進、嗣子の生母というのはどのような扱いを受けるのか』と。嫡男のご生母とあらば、すなわち、後々の藩主のご生母さま。厚遇を約束されましょう、と拙者はお答えしたのだが、それを聞いた宣則さまは、暗い顔をされて、以来、決して咲也さまをお訪ねすることはなくなった」

「私には、わかりかねます」

あや女が、当惑した眼差しを重之進に向けた。

「ご生母さまとして厚遇されるのならば、兄上が不安に思われることなど何ひとつないはずではございませぬか」

「拙者にその事情を説明せよと言われるのか」

重之進は、辛そうに口を歪めた。それを受けて、多聞が身体ごと娘に向き直る。

「宣則さまが藩主の跡取りと決まれば、そのご生母さまが家臣の、それも中級藩士の妻、というのはいかにも不都合。藩としては、直ちに当方を離別させ、咲也を再び『お咲の方さま』として、上屋敷の殿のもとに戻すのが筋というもの。『厚遇』とはすなわち、それを言うのだ」

あや女の双眸が大きく見開かれた。

「そんな……。でしたら母上は、殿様のご寵愛が絶えたことで父上に拝領され、今度は庶子だった息子が嗣子になったことで、また戻される、と？」

まるで物扱いではないか。お縁は怒りの余り、膝に乗せた両の手を拳《こぶし》に握る。重之進は、しおしおと首を横に振ってみせた。

「惨いようだが、それが武家のしきたりと申すもの」

あや女が、色が失せるほどに下唇をきつく噛んだ。

暗鬱《あんうつ》な空気の中で四人が押し黙る。強い突風が、雪柳の白い花を無残に散らして、持ち去ってしまった。

おのれの置かれる立場が母の運命まで変えてしまうと知った時、宣則はどう思ったか。母と子が引き離される辛さは、宣則自身、身をもって知っていたはず。思いを巡らすうちに、お縁には宣則の考えが、次第に透《す》けて見えるような気がした。

あや女も同じだったらしく、重之進の方へわずかに身を乗り出した。

「だとすれば、水澤様、兄上が母上を遠ざけられたのは、もしや」

宣則にすれば、あらかじめ、実母との不仲を周囲に示すことで、咲也が戻されるのを阻止しようとしたのではないか。陽だまりの中で子をあやす母の姿を食い入るように見ていた時、そう心決めしたのではないのか。彼らしい一途さで。

うむ、と重之進は深く頷いてみせた。

「咲也さまの御身を思われればこその仕打ちだった」

疱瘡は治癒したものの、二年後、宣勝は風邪をこじらせ他界した。その死によって、宣則が正式に嗣子となり、藩の重臣たちはこぞって咲也の取り戻しに動いた、という。

「まことの男であるならば、妻子を連れて脱藩し、三人の生活を守ることを考えたであろう。だが、私には、侍としての立場を捨てることが出来なかった。不甲斐ない夫であった。よもや、宣則さまがあのようなご決断をされるとは思わず」

多聞が、顔を歪めて喉を絞った。お縁は思わず、声を上げていた。

「もしや、正念さまは、それでご出家を」

重之進は、話に割り込んできたお縁を責めることなく、重い吐息をついた。

「次の『お控えさま』はまだ五歳。跡目を継ぐ立場にある宣則さまのことを、殿は簡単には諦めまい。並みの出家では、還俗《げんぞく》させられて元の木阿弥《もくあみ》――宣則さまはそう思われたのであろう。実際、上屋敷では力ずくでも若をお止めしようとする家臣もいたのだ。止める方も命がけだった。なればこそ、宣則さまは、菩提寺でもない、藩と何の由縁《ゆかり》もない、寺社奉行の息も掛からぬ墓寺を選ばれて、半ば駆け込むようにご出家なされたのだ。よもや、齢十七の宣則さまに、そのようなお知恵があろうとは……」

墓寺で「屍洗い」と蔑《さげす》まれる立場になることで、正念は咲也一家の幸せを守り抜こうとしたのか。お縁は、そっと右の掌を胸に当てた。そこが苦しくて、痛くて、泣き出しそうだった。

火屋からはまだ煙が上がっている。

あや女は、立ち昇っていく煙を濡れた瞳で追って、

「兄上のお気持ちを、母上に教えて差し上げたかった。我が子に疎まれたまま、そう思い込んだまま逝かせたくなかった」

と呟いた。それを聞いて、多聞がきっぱりと首を横に振った。

「遠ざけることでしか、その幸せを守れない——宣則さまがそう思われていらしたことを、咲也は誰よりもよく存じていたのだよ」

あや女が、わななく唇を無理に結んで父を見た。多聞は、妻の化身となった白煙に視線を向ける。

「宣則さまがご出家され、現世で会えなくなる寂しさを私が案じた時に、あれはこう言ったのだ。『遠くにいらっしゃればいらっしゃるほど、守られる幸せを感じます』と」

あや女が両手で顔を覆い、そのまま畳に伏した。声を殺し、身を震わせて泣くその姿に、お縁は昨夜の正念を重ねていた。

「三昧聖、今日はまことに世話になり申した」

願光寺の門前までお縁を送って、重之進は低頭する。一礼して去ろうとしたお縁が、ふと足を止めて老人に向き直った。

「水澤さま、ひとつ、教えて頂きたいことがございます」

「何なりと」

「先達て青泉寺にて仰った、正真さまの法衣による助命嘆願のお話は、実際にあったことなのでしょうか？」

重之進は瞠目し、これは参った、と白髪頭を叩いてみせた。

「覚えておられたのか。あれは拙者の底意地の悪さが言わせたこと」

当初、宣則のように優れた人材を墓寺の修行僧にしたことに、重之進は激しく憤《いきどお》っていた。その怒りのあまり、青泉寺に単身、乗り込んだのだ。

――当藩の大切な若君を「屍洗い」にするとは何ごとか
重之進の罵倒に対して、正真は穏やかに答えたという。

——それが罪人でも、貴人でも、庇護を求めて法衣に縋《すが》る者を、見捨てぬのが出家者

「他に救う手立てのない者を救う。法衣掛けとはさようなもの。拙者もそれは知っておったゆえ、黙り込むよりなかった。この糞坊主——失敬、しかし拙者はそう思い、また、宣則さまにも失望の念を抑えることが出来なかった。どのみち出家により廃嫡されるのならば、何も墓寺でなくとも、と。お二人に対して、長の歳月、恨みにも似た気持ちを消すことが出来なかった。だが、今日の湯灌を見て、それが大きな誤りだったと気付いたのだ」

重之進は一度、大きく息を吐いた。老いのために白濁した目をこすると、再びお縁の顔を見つめた。

「拙者もこの歳だ、これまで数多くの法要に立ち会う機会もあり、さまざまな出家者と接して参った。三昧聖の前で申すのも何なのだが、僧侶の質も落ちたと思うことが多い。師の質が落ちれば、則ち弟子の質が落ちるのも道理。その点、正念さまは良い師を選ばれた」

しみじみと語る老人の双眸が、湿りを帯びている。それを恥じるように、彼は俯いて洟《はな》をすすった。

「思えば、宣則さまは、『お控えさま』の頃に、菩提寺にて正真殿の湯灌を眼にされたことがあったのだ。亡骸を、いや、その魂を洗い清め、お浄土に旅立てるよう救いの手を差し伸べる——今日、拙者が感銘を受けたことを、宣則さまは齢十七にして感じ取られる心をお持ちであったのだなあ。屍洗い、などと申した自分が恥ずかしくてならぬ」

言い終えると、重之進は再度、お縁に深々と頭を下げるのだった。

重之進と別れ、牛込原町を抜けたところで、お縁は、はたと足を止めた。朝はただ正念のあとについていればよかった。その時は一本道をひたすら歩いた気がするのに、今、ひとりで帰ろうとすると、道がやたら枝分かれして見えるのだ。えい、と思って右に折れてみたが、目印の尾張屋敷に行き当たらない。

あんなに大きなお屋敷を見落とすなんて、とお縁は愕然とする。どうやら迷子になってしまったのだ。道を尋ねたくとも、武家屋敷に人影はなかった。青泉寺からそう遠くないのに、それもいい歳をして迷子だなんて、とお縁は情けない面持ちで周囲を見回した。

その時だ。

「正縁」

はっきりとそう呼ばれて、お縁は慌てて声の方を見た。正念が苦笑しながら立っている。正念さま、とお縁は土を蹴って駆け寄った。

「初めての道だったし、もしや迷子になっているのでは、と心配になって迎えに来たのだよ」

そう言って、先に立って歩き出した正念のあとを、お縁は弾む足取りでついて行く。ふと、前を行く正念の手に目を留めた。

しっかりと肉厚の、けれど揺るぎのない優しい手。

お縁は傾き出した日差しに、自分の手をついと翳《かざ》した。華奢《きゃしゃ》で心もとない細い指。いつか、正念さまのような揺るぎのない手になれるだろうか。

「何をしている」

振り向いた正念に言われて、慌てて手を引っ込めるお縁だった。

「正念さまは良い師を選ばれた――水澤さまが、そう仰っていました」

但馬橋を渡っている時、お縁は正念にそっと告げた。

そうか、と正念は軽く頷いた。

もっと沢山のことを、正念に伝えたいと思った。出来れば、火屋の前の堂で交わした会話すべて、あや女の気持ち、多聞の思いなども余さずすべて伝えたいと思ったが、正念がそれを望まぬこともわかっていた。

黄昏《たそがれ》の七曲坂へと続く畦道に、背の高い御形が無数に群れている。ほんの数日の間に、固い蕾から満開になり、それが一斉にこちらを向いている。風がそよぐたびに小さな黄色い手が振られているようだった。

「正縁、この歌を知っているかい？」

花のさと心も知らず春の野に
いろいろつめるは　ははこもちひ（母子餅）ぞ

正念が、さりげなく歌を詠んだ。母子草にちなんだその歌をお縁は知らず、小首を傾げる。正念がお縁の仕草にほのかに笑んだ。

「和泉式部《いずみしきぶ》が、出家した息子に送った歌なのだよ」

やはり庶子として生まれた子供だったのだ、と低い声で言い添えた。

御形を見るたびに正念さまはその歌を思い出しておられたのか。そう思うと、ふいにお縁の視界が潤んだ。

陽だまりの中で赤子を抱く母の姿に、辛い決別を選んだ正念。それを一途に守り通した正念。ひとり苦しみ、けれどそれを外に漏らさなかった正念。その正念を陰に日なたに慰めたのが、この母子草だったのか。

口を開くと、泣いてしまいそうだった。正念とお縁は、黙って七曲坂を上り続ける。黄昏が深みを増し、正念の背中に滲む孤独の影を濃くする。それを見つめながら、お縁は、「あの言葉だけは伝えておかねば」と思うのだが、固く結んだ唇を解くことが出来なかった。

七曲坂を左に折れる。

見送り坂は、すでに暮色であった。お縁は、残照に背中を押されるように、やっと口を開いた。正念さま、とかすれた声でその名を呼ぶ。正念が、お縁を振り返った。

「遠くにいらっしゃればいらっしゃるほど、守られる幸せを感じます――咲也さまは、正念さまが出家なさった折り、そのように仰っておられた。そう尾嶋さまより伺いました」

正念は、少しの間だまり込み、そうか、と頷いた。常の淡々とした表情だった。見送り坂を行こうと前を向いた正念が、ああ、と低く呻いた。

「正縁、あれをご覧」

お縁が顔を上げると、見送り坂のあちこちに、まだ育ちきらない御形が懸命に花を咲かせている。それが丁度、ひとの足跡のように見えた。足跡の向かう先に、青泉寺がある。

――母上がいらっしゃったのだ

正念のひとり言が聞こえた気がして、お縁はひっそりと頷いてみせた。

あとがき

本編一話めの「出世花」にて、「第二回小説NON短編時代小説賞」の奨励賞《しょうれいしょう》を賜《たまわ》りました。続く三話はその書下ろし連作になります。

題材に湯灌《ゆかん》を選んだのは、以前、漫画原作の取材で拝見した湯灌の光景がずっと胸に残っていたからでした。ご遺体を慈《いつく》しむように洗い清め、床擦《とこず》れの手当てをする――その優しい手のことをいつか必ず描きたい、そう思っていました。

選考委員の山本一力先生をはじめ、私にこの本を書く機会を与えてくださった皆様に、この場をお借りして厚く御礼申し上げます。

装丁で素敵なお縁を描いてくださったのは、中川学氏。彼は京都瑞泉《ずいせん》寺の副住職でもいらっしゃいます。お陰さまで作者が想定していたよりも遥かに美しいお縁に出会うことができました。

そしてなにより、この本を手にとってくださった、まだ見ぬあなたに、心から感謝いたします。

解説　頭抜けた才能の持ち主

文芸評論家　細《ほそ》谷《や》正《まさ》充《みつ》

浜の真砂《まさご》は尽きるとも、世に盗人の種は尽きまじ。と、芝居の石川五右衛門は、見《み》得《え》を切ったものである。これをもじっていうなれば、浜の真砂は尽きるとも、世に時代作家の種は尽きまじだ。いや本当に、ここ数年、とんでもない勢いで、次々と時代小説の書き手が誕生している。時代小説ファンにとっては、なんとも心躍《おど》る日々が続いているのだ。そして今ここに、新たな女性時代作家が登場した。髙田郁《たかだかおる》である。この解説を先に読んでいる人がいるならば断言しておこう。頭抜けた才能の持ち主である。

髙田郁は、一九五九年、兵庫県宝塚《たからづか》市に生まれる。一九八三年、中央大学法学部法律学科卒業。一九九三年、集英社のレディースコミック誌「ＹＯＵ」で、マンガ原作者デビューを果たす。ペンネームは、川富士立夏《かわふじりっか》。以後、マンガ原作者として活躍し『MEDIA―メディア―』『軌道春秋』『Still Alive―まだ生きている―』『モーニン！』等の単行本を上梓《じょうし》している。

その一方で、髙田郁名義の文筆活動も活発であり、二〇〇二年には、第十一回JTB旅行文化賞旅行記賞に「金婚式にワルツを」が入選。また、二〇〇六年には、第四回北区内田康夫ミステリー文学賞特別賞（区長賞）を「志乃の桜」で受賞した。内田康夫の講評には「文章力も構成力もある完成度の高い作品です」とある。

そして二〇〇七年「出世花」で、第二回小説NON短編時代小説賞奨励賞を受賞。「小説NON」の同年七月号に掲載された。本書は、この「出世花」に、同じ主人公を起用した書き下ろし作品「落合螢」「偽り時雨《しぐれ》」「見送り坂暮色」を加えた、連作短篇集である。

江戸の下落合《しもおちあい》で、路傍《ろぼう》の毒草に当たった矢萩源九郎《やはぎげんくろう》と娘のお艶《えん》は、青泉寺に運び込まれた。源九郎の同輩と出奔した妻の登勢《とせ》を捜す、六年間の女敵《めがたき》討ちの旅の果てのことだった。源九郎は命を落としてしまったが、さいわいにも助かったお艶は、名をお縁とあらため、青泉寺で成長する。その青泉寺は、死者の弔《とむら》いを専門とする「墓寺」であった。住職の正真《しょうしん》と弟子の正念《しょうねん》。湯灌《ゆかん》をする三人の「毛坊主」。真摯《しんし》に死者を弔う彼らの中で暮らすお縁は、やがて自分も湯灌場を手伝うようになる。時に「屍《かばね》洗い」と蔑視《べっし》されながらも、死者と遺族のために尽くし、真っすぐに成長していくお縁。

そんな彼女を見込んだのが、内藤新宿一の和菓子屋「桜花堂」の主人夫婦だ。やがては養女にとまでいわれるが、お縁は、自らの道を選ぶ。だが、その決意を「桜花堂」の夫婦に告げたとき、驚くべき事実が明らかになるのだった。

以上が「出世花」の粗筋《あらすじ》だ。数奇な運命で「墓寺」で暮らす少女が、世間一般の考える幸せを捨て、「毛坊主」となる。そして、死者と遺族を慈《いつく》しむ仕事ぶりから、関西で「毛坊主」を意味する「三昧聖《さんまいひじり》」と呼ばれ〝三昧聖の湯灌を受けた者は、皆、安らかに浄土に旅立って行く〟とまでいわれるようになる。異色の設定で、少女の成長と、死を巡るドラマを描き切った、読みごたえのある好篇だ。もっとも選考委員の山本一力は選評で、

「一読して、資料の扱いに手馴れていることが察せられた。同時に、資料に頼りすぎているとも感じられた。

資料は諸刃《もろは》の剣である。

取扱いを間違えると、作者が資料に斬られてしまう。百を調べて九十五を捨てる。この姿勢で取り組んでいただきたい。

詰めの甘さを克服できれば、世に出る日も遠くはない。

奨励賞に推挙したゆえんである」

と、なかなか手厳しいことをいっている。たしかに葬儀関係の描写は興味深い。たとえば、

「湯灌は現世の苦しみを洗い流し、来世への生まれ変わりを願う大切な儀式で、それゆえに細《こま》かな約束事が定められていた。使用した湯を捨てるに際しても、そのまま流すことは許されず、予《あらかじ》め定められた『日の当たらぬ場所』に捨てることとされていた」

「当時、家持ちでなければ家で湯灌をすることは許されていなかった。いきおい、ほとんどの庶民が寺の湯灌場の世話になる。その際、亡骸《なきがら》の着衣はそこで作業する男たちに下げ渡される習慣があった。死者の着衣はこれを買い求める『湯灌場買い』と呼ばれる商人に売られ、それが市場に古着として出回るのだ」

といった文章に接すると、なるほどそうなのかと納得してしまうのだ。だが反面、説明が多く、いささかくどく感じられるのも、また事実である。しかしそれは作者が、この題材に強いこだわりを持っているからだろう。なにしろ同じ題材を扱った先行作品として、原作を担当したコミック『モーニン！』があるほどなのだ。ちなみにタイトルを英語で書くと『Mourning!』。意味は、死者に対する悲嘆・哀悼《あいとう》である。

このコミックは、ひょんなことから葬儀会社に就職したヒロインが、さまざまな体

験をしながら、成長していく様子を描いたビルドゥングス・ロマンだ。死体を見て悲鳴を上げるような主人公が、家族に逝《い》かれてしまった人々の気持ちを汲み、心を込めた仕事をするようになる。もちろん時代も設定も違い、読み味も変わっているが、本書と通じ合うテーマをもった作品といえよう。

この他、やはり原作を担当したコミック『Still Alive――まだ生きている――』では、救急隊員の見た阪神・淡路大震災を描くなど、常に作者は人間の生と死のドラマに、深い関心を寄せている。「出世花」が読者の胸を打つのは、そうした作者の誠実な創作態度が、作品から伝わってくるからなのだ。

おっと「出世花」の話が長くなりすぎた。もちろん以後の三篇も、面白い作品である。第二話「落合螢」は、龕師《がんし》（棺職人）の岩吉《いわきち》の切ない恋と、お縁の儚《はかな》い慕情が、髪切り事件と絡めて描かれる。第三話「偽り時雨」は、死の寸前にある女郎のために、娼家に赴《おもむ》いたお縁が、奇妙な事件に巻き込まれる。そして第四話「見送り坂暮色」では、正念の意外な出自と、その裏に秘められた哀しい生き方が、明らかになるのだ。

投稿作という事実からも分かるように、もともと「出世花」は、一作だけで完結した物語である。これをシリーズにしようとした編集者は慧眼《けいがん》だが、それに応えた作者の実力も素晴らしい。まるで最初からシリーズ化が考えられていたかのように、どの物語も、すんなりと「出世花」の世界から続いていく。作品世界と登場人物を、作者がしっかりと把握していたからこそ、出来たことであろう。すでにコミック原作で腕を鍛えていたとはいえ、新人離れした器量を見せてくれるものである。

また、各話に流れる、ミステリーの味わいも、見逃せないポイントだ。お縁や正念に関する、意外な事実が明らかになる「出世花」「見送り坂暮色」はもちろんだが、特に「落合螢」「偽り時雨」は、捕物帖といっていい内容になっている。「偽り時雨」の冒頭の伏線は見事だし、事件の真相を通じて人の心の奥底まで踏み込む姿勢もいい。時代小説ファンだけでなく、ミステリー・ファンにも、注目されるべき作品となっているのだ。

髙田郁は本書で、堂々たる実力と、誠実な創作姿勢、さらには多彩な可能性まで見せてくれた。この実力派の新人が、どこに向かい、どこまで伸びていくのか。本書から始まるであろう成長の軌跡が、楽しみでならない。

一〇〇字書評

切り取り線

購買動機（新聞、雑誌名を記入するか、あるいは○をつけてください）

□（　　　　　　　　　）の広告を見て	
□（　　　　　　　　　）の書評を見て	
□ 知人のすすめで	□ タイトルに惹かれて
□ カバーがよかったから	□ 内容が面白そうだから
□ 好きな作家だから	□ 好きな分野の本だから

●最近、最も感銘を受けた作品名をお書きください

●あなたのお好きな作家名をお書きください

●その他、ご要望がありましたらお書きください

住所	〒				
氏名		職業		年齢	
Eメール	※携帯には配信できません		新刊情報等のメール配信を 希望する・しない		

あなたにお願い

この本の感想を、編集部までお寄せいただけたらありがたく存じます。今後の企画の参考にさせていただきます。Eメールでも結構です。

いただいた「一〇〇字書評」は、新聞・雑誌等に紹介させていただくことがあります。その場合はお礼として特製図書カードを差し上げます。

前ページの原稿用紙に書評をお書きの上、切り取り、左記までお送り下さい。宛先の住所は不要です。

なお、ご記入いただいたお名前、ご住所等は、書評紹介の事前了解、謝礼のお届けのためだけに利用し、そのほかの目的のために利用することはありません。

〒一〇一‐八七〇一
祥伝社文庫編集長　加藤淳
☎〇三（三二六五）二〇八〇
bunko@shodensha.co.jp

祥伝社ホームページからも、書き込めます。
http://www.shodensha.co.jp/

祥伝社文庫

上質のエンターテインメントを！　珠玉のエスプリを！

祥伝社文庫は創刊15周年を迎える2000年を機に、ここに新たな宣言をいたします。いつの世にも変わらない価値観、つまり「豊かな心」「深い知恵」「大きな楽しみ」に満ちた作品を厳選し、次代を拓く書下ろし作品を大胆に起用し、読者の皆様の心に響く文庫を目指します。どうぞご意見、ご希望を編集部までお寄せくださるよう、お願いいたします。

2000年1月1日　　祥伝社文庫編集部

出世花《しゅっせばな》　時代小説

平成20年6月20日　初版第1刷発行
平成21年7月15日　第3刷発行

著　者　髙《たか》田《だ》　郁《かおる》
発行者　竹内和芳
発行所　祥《しょう》伝《でん》社《しゃ》
東京都千代田区神田神保町3-6-5
九段尚学ビル　〒101-8701
☎03(3265)2081(販売部)
☎03(3265)2080(編集部)
☎03(3265)3622(業務部)
印刷所　堀内印刷
製本所　関川製本

ISBN978-4-396-33435-2 C0193

祥伝社のホームページ・http://www.shodensha.co.jp/